BOLHA DE LUZES

JOÃO INÁCIO PADILHA

BOLHA DE LUZES

Contos

COMPANHIA DAS LETRAS

Capa:
Angelo Venosa
sobre foto de Garry Winogrand
(*The pet*) © da foto: espólio de Garry Winogrand.
Cortesia da Fraenkel Gallery, San Francisco.

Preparação:
Maria S. Castro de Azevedo Corrêa

Revisão:
Eliana Antonioli
Isabel Jorge Cury

Dados Internacionais de Catalogação na Publicação (CIP)
(Câmara Brasileira do Livro, SP, Brasil)

Padilha, João Inácio
Bolha de luzes : contos / João Inácio Padilha. — São Paulo : Companhia das Letras, 1998.

ISBN 85-7164-789-5

1. Contos brasileiros I. Título.

98-2216 CDD-869.935

Índices para catálogo sistemático:
1. Contos : Século 20 : Literatura brasileira 869.935
2. Século 20 : Contos : Literatura brasileira 869.935

1998

Todos os direitos desta edição reservados à
EDITORA SCHWARCZ LTDA.
Rua Bandeira Paulista, 702, cj. 72
04532-002 — São Paulo — SP
Telefone: (011) 866-0801
Fax: (011) 866-0814
e-mail: coletras@mtecnetsp.com.br

Para minha mãe

ÍNDICE

Bolha de luzes, 9

Minhas férias, 12

In God we trust, 22

Memorial do esquecimento, 45

Bela da tarde, 50

Viagens e viajantes na história da literatura, 62

O mistério de Deus, 90

Ofertório, 101

O DIDAC e sua banca, 107

Irtgluch, 118

O fenomenólogo dos clarões, 132

O mercado, o parque e o ar, 136

Instruções finais, 139

BOLHA DE LUZES

para Tude

Mas aqueles cães numa beira de calçada, velando um companheiro morto; aquela cena noturna, o cadáver na sarjeta já com os dentes à mostra como fazem os cães em atitude de êxito letal; o que terá acontecido? foi atropelado, aquele cão?

Acabaram de atropelar um membro da confraria peripatética que pelas ruas vagueia em urgentes confábulos. Seus companheiros velam o morto, são quatro, e um olha para cima, consulta a lua. Os demais, imóveis. Já se haviam acercado do morto, já o haviam cheirado e lambido para comprovar, atestado de óbito bastante, a conjuntura de completa extinção da vida que de súbito acometeu aquele animal pardo. À beira de uma calçada, aqueles cães.

Se eu de esguelha vi o cadáver, não pude perceber mais que a realidade dos dentes expostos pela rígida contração dos músculos da mandíbula, o suficiente, aliás, para entender que a situação era grave e merecia reflexão.

Os cães raciocinavam. Não lamentavam a perda do companheiro; antes inventariavam, no colóquio de olfatos, as conseqüências da ruptura patente de uma ordem social que alguns humanos prezamos nesses cães noturnos e muitos outros desprezais.

A mim coube, em nome da humanidade, o raciocínio do ponto de vista humano. Fiz-me duas indagações, a primeira de ordem policial, sobre o assassino, pois não há dúvida de que houve um, cão não morre assim; a segunda, de ordem social: eu avaliava a dimensão das conseqüências da ruptura patente de uma ordem social que alguns humanos prezamos nesses cães noturnos.

Cães totalmente, esses cães de cabeças eretas e rabos atentos que cruzam vastas extensões de ruas sombrias, iluminadas de vez em quando, sempre de chofre, por um farol perscrutador, efêmero e semovente, que lambe a cena e logo a abandona: um carro.

(Minha memória se volta para todas as direções como um farol de mil focos cambiantes e sempre achará um cão caminhando pela margem de um rio; e sempre acompanhará aquele cão de cabeça baixa e pêlo ensopado e duro e grudado ao seu couro, passos regulares e lentos, aquele vago cão que francamente aceita o açoite de um fantástico temporal crepuscular que sobre ele se abate. Tenho sempre entendido que aquele cão molhado até aos ossos, caminhando na chuva ao lado de um rio prestes a transbordar, cumpria um importante percurso, necessário para ele mas também para toda a malta dos cães de sua confraria e talvez de outras confrarias não suas. Era um cão encharcado de fé. Sua marcha sob a chuva estava prescrita por salmos da complexa teologia canina, entoados por todos os lobos em sagradas reuniões ao luar.)

Mas aqueles cães lá acima referidos, aqueles que velam o cadáver jazido na sarjeta; eu os acabo de ver na noite, passando de carro pela cena fúnebre, e corro para registrar, no pensamento, uma íntima ocorrência policial. Tenho sido há muitos anos um investigador voluntário desses atropelamentos. Armazeno pistas num arquivo mental.

E dentre os dados colhidos, destaco este, precioso: a extraordinária confissão de um motorista de caminhão cuja vida é vencer longas e monótonas estradas de rodagem por todo o território brasileiro, à noite. Seu único lazer, disse ele: caçar cães. Ele vislumbrava um, mesmo no acostamento; vinha na velocidade, dava uma guinada para a direita em manobra às vezes perigosa e acertava o cão com fúria de roda, pára-choque e pára-lama. Parava o caminhão metros adiante para conferir o estado do que restava de sua presa.

Mas aqueles quatro cães e o quinto morto (estavam muito bem iluminados naquele instante fúnebre: as luzes dos postes cruzavam com a luz de uma vitrina comercial, frontal aos vultos em velório; e a conjunção de focos delimitava a cena, formando uma bolha de luzes) incorporam, ao meu arquivo sobre o assunto, uma notável contribuição. Preciso pesquisá-la melhor, mas vai aqui, antecipada, a idéia a aprofundar: Goya foi um anjo canino.

Seguirei informando.

MINHAS FÉRIAS

As grandes pernas do dr. Raul se cruzavam largamente quando ele se sentava na poltrona da sala de estar da nossa casa. Seus sapatos (eram grandes, eram grandes seus pés), seus sapatos (teriam sido comprados no Brasil? teriam vindo com ele da Europa? em seus próprios pés? na bagagem?) eram grandes, eram grandes seus sapatos, e balançavam impacientes, durante a conversa chutavam o ar à guisa de gesto (dr. Raul gesticulava mais com os pés do que com as mãos). Quando falava, recheava as frases com reticências (era um jeito de falar que parecia hesitante, mas não passava de uma maneira de pontuar a prosa), e eu ouvia muitos sobrenomes, uma longa coleção de sobrenomes. Como conhecia sobrenomes, o dr. Raul.

Havia uma Mercedes-Benz e esse dr. Raul, também conhecido como dr. Baul por motivo de presumível golpe do baú por ele aplicado, o qual lhe teria assegurado, além do automóvel, a propriedade de todos os outros bens, móveis e imóveis, da mulher. E havia eu, havia o Marquinhos e a tia viúva do Marquinhos, que cuidava dele. Havia, também, várias outras coisas, como um regato e uma pontezinha, algumas casas de veraneio, rios, árvores, mato fechado, quase tudo intacto até hoje. Para todos os efeitos, a maioria das demais coisas e pessoas esvanece, é posta de lado, para que vingue na memória, como uma flor negra brotando por ali, apenas a Mercedes preta com seu interior confortável (o estofamento dos bancos era creme), na qual nunca entrei, por mais que isso me tentasse (será que Marquinhos entrou? será que eu entrei?).

E que vingue esse homem comprido (dr. Raul), com suas imensas magras pernas vestindo calças de flanela cinza, seu cardigã azul-claro e seus sapatos de camurça. Não me lembro de sua camisa, mas é claro que me lembro do seu bigode aparado e do nariz aquilino, do grisalho do seu cabelo e de algumas particularidades da pele do rosto, avermelhado em alguns pontos, enrugado em outros, bem escanhoado, bem massageado (por quais mãos? as da mulher? as da filha? tinha uma filha?).

Eu já sabia o que era golpe do baú, e sabia da alcunha, dr. Baul, aposta ao dr. Raul, e já era bem adestrada a não repeti-la na frente do próprio. Por ser aquilo mau, e por ser aquilo até um pouco desprezível (falo do golpe do baú), eu não tinha o dr. Raul em muito boa conta. Ele era um dos nossos vizinhos (sua casa, onde eu vi um Volpi pela primeira vez na vida, ficava na subida da montanha), e era tratado por meus pais com a mesma familiaridade e a mesma amistosidade com que eram recebidos, lá em casa, os demais vizinhos. Quando o dr. Raul chegava, ao volante de sua Mercedes, muitas vezes com a mulher, mais velha do que ele, bem mais velha, eu acho, corria, sussurrado, pelas bocas dos meus irmãos, o nome proibido (dr. Baul. Psss...).

E que vingue o Marquinhos, Marquinhos que era mais novo do que eu, talvez até um ano mais novo, tinha nessa época os seus sete anos de idade. Era o meu melhor amigo, era melhor que os outros. Explorava melhor que os outros, nele penetrando com uma coragem quase linda, o mato que nos cercava naquela região serrana. Marquinhos não tinha medo de espinhos, cobras, sapos, aranhas e o que fosse. Seu corpo, bem menor que o meu, esgueirava-se entre as sombras do mato e as sombras do medo, e desprezava as trilhas que os homens abriam para caminhar sem os sustos que os homens aprenderam a ter. Eu hesitava, e muitas vezes recusava seguir o Marquinhos. Que me uivava e me piava, acocorado no meio da sombra ou em cima de um galho de árvore, ou do outro lado de um córrego. Marquinhos era o meu melhor amigo. Não só por tudo isso mas também por andar no mato de sandália havaiana e às vezes descalço. Só de vez em quando, eu me atrevia a ficar descalça ou com os pés descobertos (tirava os sapatos, por exemplo, nas manhãs em que nos sentávamos à beira do rio para azucrinar com os pés dentro d'água a vida dos girinos que nadavam sobre os seixos e entre grandes e polidas pedras que deixavam seus topos emersos como ilhas). Eu gostava do Marquinhos porque juntos a gente descobria uns esconderijos e neles guardava uns tesouros (eram coisas que encontrávamos, coisas). Depois de explorar várias possibilidades de esconderijos (vãos de raízes de árvores, buracos cavados na terra), decidimos fixar território num espaço que chamávamos de gruta, na verdade o vão debaixo da pontezinha sobre o regato. Acumulávamos nosso tesouro na margem e ficávamos conversando (sobre o quê?).

Ali eu tirava os sapatos, sempre, ou as sandálias, e sentia a relva úmida sob os meus pés, e gostava de deixar os meus pés na água fresca da correnteza (até um pouco forte, até um pouco rápida) que descia até o rio, e de pô-los na lama, sentindo-a penetrar entre os meus dedos. Marquinhos, que vivia agitado, falando e correndo sem parar, ficava quieto, olhando os meus pés e adivinhando, com um prazer mudo, o prazer que me vinha dos pés. Às vezes, no meio de uma correria, ele estancava de repente e me olhava nos olhos. Ficávamos calados.

Minha mãe achava que eu não devia brincar com o Marquinhos; devia ficar mais com as meninas das casas vizinhas; não gostava que eu gostasse tanto de brincar com um menino.

No nosso tesouro da gruta apareceu uma estrela de metal, objeto que era nossa peça mais preciosa, tão preciosa que eu achei cabível e razoável subtrair um lenço de seda, meio abandonado no fundo do armário da minha mãe, para embrulhá-la e dar a ela (a estrela) maior dignidade. Marquinhos tinha uma fita vermelha que sobrara do embrulho de um presente de Natal. Debaixo da nossa ponte, ensaiei, sob a vigilância muito excitada do Marquinhos, várias formas de envolver a estrela com o lenço. Finalmente passei a fita vermelha. Marquinhos pôs o dedo para fixar o nó.

O mês era janeiro, começo de, e o meu amigo Marquinhos só reteve, do caminhãozinho que ganhou no Natal, o gosto por aquela fita vermelha que amarrara seu presente (foi o único que ele ganhou? foram meus pais que lhe deram? a tia dele, que fazia biscates nas casas vizinhas, não deu nada?). Era um fim de tarde e tinha acabado de chover. A atmosfera estava muito luminosa, as nuvens se abriram no céu, o verde do mato era mais verde e as sombras menos espessas. Apareceu um arco-íris.

Era a segunda vez que a gente via um arco-íris juntos. Na primeira, eu contei ao Marquinhos a história do pote de ouro que fica na extremidade dele. Desta vez, ele queria voltar ao assunto, me convidando para ir atrás do pote de ouro (imagina ele no nosso tesouro, Marquinhos dizia, de pé, gesticulando). Achei aquilo bobo. Eu estava sentada na relva (um descampado que tinha por ali), com a bunda molhada mas sem me importar com isso, sem sapatos, enfiando os dedos dos pés pelas saliências de capim úmido, joelhos dobrados tocando o queixo, com os olhos postos nos meus pés. Interferi no que o Marquinhos falava para dizer que melhor do que vencer rios e montanhas e vales atrás de um pote de ouro que a gente não ia encontrar, melhor seria ficarmos nós dois ali, sentados naquela relva, olhando o arco-íris. Marquinhos, que estava de pé o tempo todo, dizia que sim, e que se não, ele ia embora para casa. Eu olhei para ele e disse, não, não; é assim, Marquinhos: vamos prestar muita atenção da próxima vez que chover, tá? e da próxima vez que as nuvens se separarem depois da chuva e deixarem penetrar na tarde essa luz (que eu não conseguia definir, e que, hoje entendo, é impossível definir); vamos reparar bem, Marquinhos, vamos ficar de olho para o céu, e vamos ver bem como é que o arco-íris começa a se fazer (o que eu queria era surpreender o arco-íris no momento exato do seu desvelamento, apenas isso, e nada mais). Eu me levantei para dizer, olhando para aquele arco-íris que estava na nossa frente (a luminosidade que banhava a terra era úmida, e meus olhos bem poderiam estar úmidos): que lindo que seria, a gente ver o arco-íris se fazendo devagar (assim como a gente vê o sol se pondo).

Marquinhos disse tchau, eu vou pra casa. Fiquei ali sozinha um tempão. Um barulho de motor: era o dr. Raul e sua mulher, chegando na nossa casa. A visão da Mercedes conturbou rápido meus pensamentos, eu fiquei distraída. Meu projeto para o futuro arco-íris se dissipou como se dissipara, momentos antes, o arco-íris que tinha aparecido. Eu pensava de novo no pote de ouro, e me lembro direitinho da trajetória do meu pensamento: do pote de ouro passei para a estrela embrulhada, desta para o Marquinhos. Pensei em chamar o Marquinhos para brincar, mas fiquei com preguiça de ir até a casa dele. Quis descer à gruta sozinha, mas ficava tarde, o crepúsculo me dava medo, eu ali sozinha. Voltei para casa, depois de calçar os sapatos.

O dr. Raul me deu um tapinha na bunda molhada e minha mãe me mandou tomar banho e vestir uma roupa seca. Entrei no quarto, fechei a porta, tirei meu short e fiquei deitada na cama, só de blusa, lendo um *Tintin*.

Estava adiantada e muito absorvida com o *Tintin* quando minha mãe entrou para me mandar tomar banho, estava na hora do jantar, dr. Raul e a mulher iam jantar com a gente, ela disse, ríspida. Saiu e fechou a porta, provavelmente porque eu estava nua na parte de baixo, e eu fiquei sozinha, sem conseguir largar o *Tintin*. A muito custo me levantei, e enrolada num lençol fui ao banheiro. Tomei banho.

Foi meu irmão quem levantou, na mesa do jantar, a suspeita de que a estrela da Mercedes do dr. Raul tinha sido roubada pelo Marquinhos. A mulher do dr. Raul recriminou o meu irmão. Minha mãe também. Eu fiquei com ódio. Levantei, fui sentar no sofá, com as pernas dobradas junto ao queixo.

Depois do jantar, o dr. Raul descobriu, lá em casa, o disco da Billie Holliday e repetiu quatro, cinco vezes seguidas, a mesma faixa: "All the way". Cantava eufórico, dançava face-to-face com uma mulher imaginária, cerrava os olhos. Nem parecia que tinha ficado sem a estrela dele. Acabava a faixa e ele pulava de onde estivesse para evitar que a agulha avançasse sobre a faixa seguinte. Meus pais davam gargalhadas, a mulher dele também, até meus irmãos também. Senti meu corpo mole e as pálpebras pesadas. Tiritava de frio.

Por causa da minha febre alta, tive um pesadelo pavoroso (pavoroso mesmo, o mais pavoroso da minha vida, eu correndo, sem saber mas ao mesmo tempo sabendo muito bem para onde corria: corria sem adivinhar o destino, mesmo porque já o reconhecia de antemão, como destino dado naturalmente. E lá estava ele, pavoroso como sempre, o destino: uma enorme esfera, mais do que esfera, porque verdadeiramente enorme. Enorme mais do que o maior dos planetas e o maior dos sóis. Era um sol maior entre todos, e o sistema solar dele tinha todos os planetas do universo e todas as subestrelas do universo. E lá estava eu, depois de uma correria louca, diante de tal estrela. Eu e apenas eu, pois não havia mais gente no planeta Terra e no restante do universo. Tudo estava fundido e sintetizado na tal esfera. Menos eu. Eu estava fora. Correra em sua direção e não entrava nela).

Como sempre ocorria quando minha febre passava dos quarenta graus, eu me levantei durante o pesadelo, correndo sem consciência, aos berros, os olhos esbugalhados, pelo quarto, subindo pelas camas, a minha e a da minha irmã, no mais completo terror. Meus pais me despertaram a muito custo com tapas no meu rosto, e me ampararam e me enrolaram num cobertor, enquanto eu soluçava; e esperaram um pouco para me dar remédio. Chamaram o médico, que fez o que tinha que fazer. Enquanto me examinava, eu suava. Depois que ele foi embora, fui dormir na cama dos meus pais, entre os dois.

Passei o dia seguinte, e os dois posteriores, na cama. Foi minha irmã quem me contou que o Marquinhos tinha levado uma surra da tia dele. Pelo vidro da janela, eu olhava os raios que riscavam o céu e escutava os estrondos dos trovões e os bombardeios da chuva de granizo contra o telhado. Procurava ler, debaixo do cobertor, o livro do Tintin. Não quis conhecer detalhes, nem pela minha irmã nem por ninguém, dos motivos da surra do Marquinhos. E me vinguei de todo mundo, naqueles dias de repouso: exigi tudo a que tem direito uma menina doente; ninguém implicou comigo.

Minha mãe deixou que eu saísse da cama depois do quarto dia. Tomei café da manhã e saí andando, no dia ensolarado e ainda fresco. Havia o descampado (para alcançá-lo, era só abrir o portão da casa e atravessar uma ruazinha estreita), o tal em que fiquei sentada com a bunda na relva, imaginando a aparição sinfônica do arco-íris. Fui andando devagar, olhando para o chão e para os meus pés. Fui ver o tesouro.

Quando cheguei perto do que tinha sido a gruta do tesouro, vi que tudo estava mudado. O temporal tinha acabado com tudo. O que antes era mato passou a ser lama, e essa lama pastosa (lançada contra a margem como um pintor ensandecido lançaria tintas sobre a tela em nervosas pinceladas) congelava a fúria que transtornara o nosso regato (em insensata obediência aos deuses, as águas transfiguraram a minha gruta). Tirei os sapatos mesmo assim, como sempre fazíamos, eu e Marquinhos, quando descíamos à gruta abaixo da ponte.

Foi mais difícil dessa vez: as reentrâncias do solo a que estávamos habituados, onde calcávamos os pés para descer o barranco, haviam desaparecido. O que não me deteve. Meus pés patinhavam na lama, afundando no solo mole. Eu tinha medo de que aquilo fosse a famosa e misteriosa areia movediça. Tive até um certo pânico, mas em vez de me conter, isso me deixava mais excitada, numa euforia difusa, e quando meus pés atingiram e se amoldaram bem num ponto mais sólido do terreno, estendi a mão para Tintin, que veio tenteando na descida até dar uma escorregada fatal, deslizando de bunda na minha direção, esbarrando em mim e me carregando para dentro d'água. O cachorrinho Milu, que vinha escorregando atrás, caiu logo depois dentro d'água.

Ensaiei um pânico ali, mas foi só momentâneo. De repente, nossos olhares se cruzaram e desse encontro nasceu o riso.

Molhada das lágrimas da gargalhada e da água barrenta (era normalmente cristalina), resolvemos enfim pôr mãos à obra, em busca do tesouro. Em vão. Não sobrara nada. A estrela envolta no lenço de seda com fita vermelha natalina não existia mais. Tintin me olhou, eu olhei Tintin, eu fiz uma cara de choro, ele fez uma cara de esperto. Tintin já estava de pé, tirando Milu de dentro d'água. Me levantei também. Tintin subiu primeiro, com Milu nos braços, e me lançou uma corda. Escalei o barranco lamacento, e chegando lá em cima pude divisar de novo o descampado aberto.

Quando cheguei em casa, levei da minha mãe um dos maiores pitos da minha vida. Não era só por fora que eu estava em estado deplorável; por dentro também. Estava muito fraca, e mal consegui caminhar do regato até em casa. Meu pai quis ser mais carinhoso, estava muito preocupado. A mulher do dr. Raul, que estava lá especialmente para me visitar na minha convalescença, ficou com uma caixa de bombom na mão (que ela queria me oferecer, mas hesitou em entregar, numa espécie de solidariedade à minha mãe, que me descompunha sem piedade). Me levaram ao banheiro (eu não tinha nem pernas para chegar até lá), me tiraram a roupa e foi a própria mulher do dr. Raul quem me botou debaixo do chuveiro e me ensaboou. Minha mãe me enxugou depois, me meteu num pijama limpo e na cama. Eu estava dormindo quando o médico chegou.

Fiquei até o fim das férias na cama. Fizeram abreugrafias em mim, e eu demoraria a me recuperar da pneumonia. Muita gente me visitou, inclusive Tintin (ouvi-o, antes de entrar no quarto, conversando em francês com a mulher do dr. Raul). Meu pai comprou todos os livros que faltavam na minha coleção de *Tintin*. Quando se acabaram as férias, fui transportada no carro, serra abaixo, ainda doente.

IN GOD WE TRUST

para Luciano Macieira

Duas horas depois, saí hipnotizado. Do lado de fora, a mesma rua e a velha luz do sol, ambas com semelhante grau (excessivo) de realidade. Eis o mistério do cinema: antes, a ordinária luz diurna do lado de fora; depois, lá dentro, duas horas de uma escuridão furada no meio por um único foco de luz, rijo e robusto como o tronco de uma árvore derrubada; finalmente, a luz do sol: mais uma vez. E a mesma rua de antes: naquela claridade, incômoda como um sonho indesejável.

Aí, aconteceu uma coisa: no chão, quase na fronteira entre o mármore da entrada do cinema e a calçada de pedras portuguesas à minha frente, com grande inquietação jazia uma alma sofredora: mínima e sofredora alma em forma de papel amarrotado.

Abaixei-me, recolhi a sofredora e inquieta alma de papel: um bolinho de notas de dólar, verdes e amarrotadas notas de um dólar cada uma. No total, seis notas: US$ 6.00. Olhei para os lados com aquilo na mão. As pessoas saíam do cinema com idêntico grau de estupefação ante o filme acabado de ser visto.

Porém, como os seres humanos são bastante diferentes entre si, havia os que passavam por mim como se eu fosse transparente e outros que procuravam olhar a minha cara — só para ver como a minha cara é. Não notei se havia entre eles quem olhasse para a minha mão e nela visse o bolinho amarrotado contendo seis dólares norte-americanos; e percebesse que se tratava de um dinheiro acabado de ser recolhido do chão de mármore escuro, quase na fronteira com as pedras portuguesas.

Pois bem, eis-me com seis dólares na mão, que não me pertenciam e passaram a pertencer-me. Pelas pedras portuguesas fui seguindo e entrei num lugar onde vendem sucos de frutas. Pedi um daqueles que havia ali. O meu bolinho de dólares, meti no bolso da calça. Fiquei pensando no filme, deliberando que ele era bom; e solucionei todo esse momentoso problema com a terminante decisão de ver novamente aquele filme tão admirável. Chegou o suco, dispensei o canudinho que me foi oferecido, bebi-o em goles parcimoniosos, porque estava gelado. Devia ter pedido cerveja, é o que concluí da maneira como meu estômago acolheu o líquido escolhido.

Para passar um guardanapo de papel na boca, depositei o copo no balcão e nesse momento vi, junto à coluna, no chão de ladrilho, quase na fronteira com as pedras portuguesas da calçada, outra gemente alma de papel. Ah, mas essa era maior do que a outra.

O filme ainda não tinha acabado. Prolongava-se meu estado de torpor, o mesmo que vinha crescendo a cada cena do filme sem que eu notasse, o mesmo que, depois de terminada a sessão, insistia em ficar dando voltas em torno do meu enlevado ser. No chão, este fator adicional de torpor: outro bolinho de verdes e amarrotadas notas de dólar norte-americano. Fui arrastando esse bolinho com o pé até ele ficar bem junto à coluna. Fiquei escondendo com o pé o dinheiro acabado de ser visto. Estendi o braço e alcancei, numa manobra que o meu-pé-ali dificultava, o copo de suco de frutas deixado sobre o balcão. Fiquei bebericando enquanto olhava para a rua (a mesma, e a mesma claridade). Quando já estavam bebidos três quintos do conteúdo do copo, fui deixando a mão se abaixar lentamente. Não, ergui-me de novo. Não estava pronto.

Agora sim, dei uma abaixada rápida e agarrei o bolinho; meti-o no bolso. Pronto. Ninguém viu.

Paguei o suco e fui embora, querendo contar o valor do novo bolinho mas não podendo, com tanta gente em volta. Entrei, por isso, numa livraria, e junto à seção dos dicionários, oculto por estantes indevassáveis, retirei o bolinho novo do bolso e contei as notas de um dólar: dezessete. Arrumei todas as cédulas, as seis do primeiro bolinho e as dezessete do segundo, num maço alisado de vinte e três notas de um dólar. Circulei ali por dentro, folheei livros que nunca comprarei e me despedi da menina da caixa.

E logo, outro bolinho. Claro: na fronteira entre o piso da livraria e as pedras portuguesas da calçada. Tirei o chaveiro do bolso e deixei ele cair junto ao bolinho; abaixei-me para apanhar os dois volumes, meti ambos no bolso ao mesmo tempo; e voltei para o interior da livraria, rumo à estante de dicionários, no intuito de consultar verbetes familiares — como "coincidência", "casualidade", "acaso", "fortuito", "achado", "perdido". Aproveitei para contar os bilhetes verdes e amarrotados do último bolinho (vinte e uma notas de um dólar) e arrumá-los junto aos demais vinte e três. E saí, quarenta e quatro dólares mais rico do que estava antes de ir ao cinema.

No momento em que voltava a sair pela porta da livraria, e no mesmíssimo lugar de antes, outro monte, ainda mais robusto, de bilhetes de um dólar — que enfiei diligentemente no bolso, com menos medo e muito menos pudor (já entendia que aquilo me pertencia). Peguei um ônibus, encontrei um banco vazio e fiquei ali sentado, pensando em como fora incrível encontrar, em poucos minutos, em quatro achados sucessivos, aquela quantidade de dólares norte-americanos.

O amontoado de novos dólares que encontrei no momento em que saía do ônibus, na fronteira entre o degrau inferior do veículo e o meio-fio, esse amontoado foi fácil de apanhar. O motorista não podia vê-lo por causa do degrau, e não havia ninguém na calçada que me pudesse flagrar naquele momento íntimo. Era um montinho bem mais gordo, quase não cabia em apenas uma mão, mas eu o amassei entre os dedos e o enfiei no bolso, no mesmo momento em que saltava do ônibus.

Chegando em casa, contei o punhado de dólares encontrados na segunda saída da livraria (trinta e dois) e no degrau do ônibus (trinta e nove). Juntei todas as notas, todas as encontradas no mesmo dia: um total de cento e quinze, todas de um dólar. Sentado na cama, alisei e estendi cada cédula sobre a colcha, uma ao lado da outra, e depois me levantei para inspecionar aquela tropa de george-washingtons. Eram cento e quinze efígies do *founding father*, todas olhando firmemente para mim, com aquele olhar e aquela boca que lembram demais a Mona Lisa. E descobri por que os americanos respeitam tanto e tão reverencialmente os dólares que eles fazem: temem a figura do venerando George, que os fita eternamente com aquele olhar de judicante vigilância, como quem diz: "Não fazei de mim o uso espúrio que vos passa pela cabeça". Não, George, tu não és meu pai, e nem cento e quinze idênticos e vigilantes tus me impedirão de alisar a textura sensual de tua lâmina de papel. Cento e quinze: que fazer com isso?

Passemos ao reverso da nota de um dólar, averigüemos o avesso do rosto de George Washington; que é muito mais que um avesso: é uma profícua caixa de Pandora, vejam: aqui está a pirâmide seccionada em seu zênite, acima da qual, como um periscópio aéreo e abaxial, paira, encerrado dentro de um triângulo, em sua maçônica rigidez, um olho — cujas esotéricas insinuações não me passam totalmente despercebidas. Acima desse olho, um lema (cuja origem, como verifiquei mais tarde, remonta a Virgílio): ANNUIT COEPTIS. Na base da pirâmide, este número: MDCCLXXVI, abaixo do qual há uma segunda citação (parafrástica) de Virgílio: NOVUS ORDO SECLORUM — que deve aludir ao fato de que o ano de 1776 é o marco inicial de uma "nova ordem de séculos".

O desenho da cédula, está claro, é dos anos 30, época em que os americanos exerciam, centrífuga e centripetamente, uma vigilância cada vez mais desconfiada, contra tudo e contra nada; e mantinham a certeza, vigente até hoje, de que a história da humanidade é feita de largos períodos de tempo cuja ordem seqüencial pode ser interrompida quando assim lhes aprouver, para que se dê início a uma nova era (NOVUS ORDO SECLORUM).

Sou hipnotizado pelo tal olho misterioso que aparece, em feitio tão maçônico quanto pouco virgiliano, acima da pirâmide de ápice amputado. Sou hipnotizado por esse olho, mas também — e acho que principalmente — pelos olhos de George Washington, estes sim, algo remotamente virgilianos.

E foram esses vigilantes olhos icônicos que determinaram o que eu deveria fazer com aqueles cento e quinze bilhetes: com tácito consentimento dos deuses e em observância a todos os preceitos estabelecidos, pus-me a reunir as cédulas, com disciplina ritualística; fiz delas um maço caprichado, busquei um elástico para imobilizá-las e pô-las confortáveis; e agasalhei-as vivamente entre minhas mãos (juntadas como se fossem mãos de um bispo prazenteiro). Estava na hora de buscar um lugar seguro para o meu tesouro: por aqui, por ali, eu procurava.

Estava no meu quarto, onde conviviam um piano de parede, minha cama de solteiro, uma vasta estante de livros e uma mesa com cadeira voltadas para essa estante. E mais este computador onde escrevo e esses papéis fora de ordem, entre os quais partituras de Schubert, Schumann, Brahms, Bartók, Rachmaninoff, Ravel, Satie, Saint-Saëns.

Toquei no piano alguma coisa automática no estilo saltitante de Errol Garner e imaginei, entre as notas musicais que pulavam, notas de dólar nas quais, em lugar do sempiterno George Washington, apareceriam outros ícones americanos. Seriam ainda mais sovinas os americanos se fossem vigiados pelos olhos da Bacall (e seria mais eficaz o controle sobre a emissão de moeda). O consumo é que cairia ferozmente: estagnação. Já George Washington se expulsa das mãos das pessoas. Ele sai de uma mão e entra numa outra com a expedita resolução de um detetive armado que entra e sai dos aposentos de um imóvel, em busca do assassino. A verdadeira lógica da economia norte-americana subjaz nesse olhar do grande chefe de disciplina, a exigir dinamismo, trabalho, produção, trocas, movimento, circulação! George parece um policial francês que na cena do crime enxota a multidão curiosa: *Circulez, circulez!*

Sai de uma mão e entra numa outra... O que que eu iria fazer com cento e quinze dólares?

Se eu saí do meu quarto, depois de esconder meu tesouro no interior do piano (em saliência situada na extremidade das cordas agudas), se eu saí do apartamento, é porque pretendi caminhar pela calçada de pedras portuguesas em busca de uma reflexão peripatética sobre o escândalo que era aquela coisa de encontrar sucessivamente notas e mais notas de um dólar.

Na saída do elevador, a mulher que me acompanhava na descida partiu na minha frente para alcançar, rápido, a porta da rua. Ela abriu essa porta, olhou para trás, hesitando entre a gentileza de aguardar a minha chegada com a porta aberta ou a grossura de fechá-la na minha cara. Solucionei o seu dilema num gesto que dizia: "Vá, perca-se pelo mundo", e lentamente me aproximei da porta da rua. Abri-a. No chão, na fronteira entre o granito da entrada do edifício e a calçada de pedras portuguesas, um maço de dólares. Recolhi-o sem me preocupar se estavam me vendo. Comecei a contar o dinheiro. O porteiro vinha chegando, meti tudo no bolso.

Não empreendi, como programara, uma reflexão peripatética. O que fiz pelas ruas do bairro foi a digestão do meu assombro. E olhei para cima, aquela coisa toda luminosa, o céu: sorri como um iluminado. Claro, passavam por mim (essa gente tem a mania de ficar se olhando) e me olhavam, mas eu nem sei quem. O volume no meu bolso era grande, meu antebraço esbarrava naquelas notas amarfanhadas, e me ocorria uma indecisão: deveria evitar as fronteiras entre os imóveis e as calçadas? ou, ao contrário, deveria acudir a todas elas, avidamente? (Os outros bolsos da minha calça estavam vazios.) Acudi às tais fronteiras, avidamente.

Voltei para casa com os quatro bolsos da calça abarrotados. No quarto, joguei sobre a cama os quatro volumes disformes recolhidos na saída de diferentes estabelecimentos comerciais; e me deitei sobre eles. Fiquei olhando o teto durante mais ou menos uma hora. Depois me levantei, peguei de dentro do piano o maço de notas e joguei-o, dali onde estava, à cama. E fui lá contar quanto havia arrecadado em meu último butim pelas ruas do bairro: US$ 204.00. Duzentos e quatro mais cento e quinze: trezentos e dezenove. Num único dia, US$ 319.00.

Acima da pergunta sobre quem estava fazendo essa brincadeira comigo, avultava uma outra, sobre por que estavam fazendo essa brincadeira comigo — ou: por que estão me sacaneando? Meti os sapatos, peguei o elevador depois de apertar sucessiva e nervosamente o botão de chamada, desci e fiquei lá embaixo, na portaria do edifício, olhando a porta da rua.

Afinal apareceu alguém. Era um casal de adolescentes saindo do elevador. Ela me cumprimentou, ele não. Abriram a porta da rua, ainda hesitaram, defronte à calçada, sobre se iam para a direita ou para a esquerda, e finalmente seguiram para a esquerda. Aproximei-me da porta, olhei através do vidro e lá estava: um vistoso e novo bolo de verdes notas de um dólar. Não, não peguei o dinheiro dessa vez. Fiquei ali onde estava, junto à porta fechada do edifício, do lado de dentro, à espreita, aguardando alguma coisa que pudesse acontecer.

Chegando alguém: um sujeito magro e de bigodinho, terno e gravata. Fala no interfone e seu pé quase esbarra no bolo de dólares. A porta logo se abre, com o zumbido habitual do impulso elétrico. Ainda se ouve, metálica e distante, a voz do alto-falante: "Abriu?" (todos perguntam isso: os sistemas eletrônicos de abertura de portas à distância padecem de elevado grau de credibilidade negativa, da parte de seus usuários). O sujeito magro passa por mim sem responder à pergunta fatal que lhe haviam feito. "Abriu?" pergunta mais uma vez a voz metálica, bem longe do alcance do sujeitinho, que já está chegando ao elevador. E os dólares continuam ali.

Incrível, penso eu, inacreditável, eu penso, enquanto me afasto para uma parte penumbrosa do hall de entrada. Ficarei à espera de que alguma coisa aconteça nas proximidades daquela vetusta porta de ferro e vidro. Meu rosto vai pegando a luz da inteligência que se me vai apossando do pensamento, e meus lábios se juntam em posição de silêncio e de uma latente palavra de ordem, prestes a ser laconicamente enunciada; meus olhos observam, serenos mas impositivos, o coração do mistério; minha longa testa infla de irrefreável lucidez. Sou: George Washington. Todo esse conjunto facial sorri, porque todo esse conjunto está muito confiante no triunfo final. Ali, além daquela porta, um bolo de dinheiro, ovo botado pelo insidioso pássaro do acaso; aqui, eu: pronto para repelir o canhestro ataque do inimigo, cujo destino inexorável é o desmascaramento e a derrota definitiva.

Chegando alguém. Uma criança e sua babá. Vão entrar. A chave gira, a porta se abre. Elas entram.

Chegando alguém. A porta do elevador se abre e sai o sujeito magro de bigode que já conhecemos. Ele abre a porta da rua, fecha-a atrás de si e segue em frente.

Chegando alguém. O porteiro. Mas onde tinha se metido ele, esse tempo todo? Abre a porta da rua com seu banquinho de vime na mão. Senta-se à direita da porta, na calçada, no lado oposto de onde estão o interfone e o monte de dinheiro.

Chegando alguém. O empregado da farmácia carregando um embrulho pequeno. Ele toca o interfone. Depois do zumbido elétrico e do "Abriu?" metálico, entra pela porta e se dirige ao elevador.

Chegando alguém. O mesmo empregado da farmácia. Ele sai do elevador, segue ligeiro, abre a porta da rua, vai em frente.

Levanto-me. Vou até a porta, de onde, através do vidro, vejo: dólares. Abro a porta. Uma ligeira brisa desmancha o cabelo de índio do porteiro. "Boa tarde", eu digo, "Boa tarde, como vai o senhor?" diz o xavante, e eu hesito um instante antes de baixar os olhos na direção do monte de dinheiro que está ao meu lado. O porteiro me olha com o sorriso prestimoso de quem aguarda um pedido de auxílio. Ponho nele um olhar angustiado, mas logo me volto para arrebanhar o monte de dólares. Vendo-me naquela faina, o porteiro chega a erguer meia bunda do seu assento de vime e pergunta: "O senhor precisa de alguma coisa?" Absorto em minha tarefa de recolher o dinheiro e já deixá-lo arrumadinho na mão, demoro a responder, de costas para ele: "Não, obrigado". E, ainda arrumando aquelas notas, de frente para a rua, sem me interessar se estão me observando ou não, despeço-me do porteiro, abro a porta, volto ao elevador.

Vou subindo com as cédulas na mão (nem me preocupei em guardá-las no bolso), e a porta se abre num andar abaixo do meu. É a garota morena, linda, que mora no terceiro, irmã de um paquiderme remador em algum clube de regatas. Eu digo: "Sobe", e ela diz: "Ah, tá". Deixa a porta fechar à sua frente.

Sobre a cama, contei o número de cédulas: setenta. Passei a ter trezentas e oitenta e nove delas, que reuni num maço refeito, sem dobrá-las, envolvendo-as com o mesmo elástico de antes. Estava deitado na cama, dormiria com aqueles trezentos e oitenta e nove george-washingtons sobre meu peito. Em meu sonho, sonharei que estou num rio de tão plácida superfície que mais parece um lago, e apesar de saber que a leve correnteza conduz a uma queda d'água de trinta turbulentos metros de altura, vou-me deixando levar, *merrily, merrily*. O segredo sobre como escapar à cascata só me será revelado no último momento, apenas um instante antes de minha precipitação água abaixo. Sei que de alguma maneira poderei safar-me, mas apenas a surpresa me dirá como. E vou seguindo, na correnteza imperceptível, flutuando com o auxílio de lentos movimentos das pernas e dos braços, a água pelo pescoço. E de repente surge, bem próxima, junto com o súbito bramido estrondoso da cascata devoradora, a dita cuja!

Quando acordei, estava quase caído da cama, com os braços para fora. Os trezentos e oitenta e nove george-washingtons, tombados no chão.

Eram dez da noite e resolvi contar esses fatos para alguém. Telefonei para Luzia, contei tudo para ela e ela ia acreditando, mas num momento disse: "Deixa de cascata", ao que respondi: "A cascata é que não me deixa", sem que ela entendesse. Depois ficou até espantada, mas foi mudando de assunto habilmente e, antes de desligar, expressou, com voz de sono, uma negativa que não havia sido instada a expressar: "Hoje eu não quero dormir com você não, não fica zangado, já estava quase dormindo e amanhã tenho que acordar cedíssimo, vai dormir você também". Eu assenti (sou a docilidade em pessoa) e ela se despediu com "um beijinho, boa noite, amanhã te ligo". E a solidão que se seguiu depois desse momento era do tipo que nenhum programa de televisão consegue aplacar — pois eu liguei a televisão e fiquei na frente dela zapeando pelos canais, insaciável.

Eu também tinha que acordar cedíssimo, e por isso dormi apenas três horas. No meio das abluções matinais, não me passou pela lembrança o olhar de George Washington, mas, diante do espelho, percebi que estava fazendo pose de estadista — mais que isso, de pai da nação. Foi então que voltei a pensar em George Washington e, por extensão, nos achados do dia anterior.

Quando eu fechava a porta do apartamento, pronto para chamar o elevador, ocorreu-me que tinha de passar pela fronteira entre o degrau de granito da entrada do edifício e a calçada de pedras portuguesas. Vamos ver o que vai dar, eu pensava enquanto o elevador descia até parar no terceiro andar, onde entrou a morena jovem, bela, de paquidérmico irmão. "Bom dia", eu disse, com sorriso de Mona Lisa, olhos sutilmente gozosos; e ela disse: "Oi, bom dia", e ainda reparou no cós da minha calça e algum outro detalhe mais, antes de baixar o olhar para os meus sapatos. Carregava uma pasta de plástico azul-clara. De repente abriu a porta do elevador, disse tchau e foi avançando, de jeans e tênis branco, pelo hall em direção à rua. Olhou para trás ao girar a maçaneta, para verificar se eu pretendia aproveitar-me da abertura da porta; concluiu que não e meteu seu árdego corpo no espaço ao ar livre. Segurava seus cabelos, que o vento desmanchava. Seguiu calçada afora. Rugi.

Tirei um cigarro, o que me propiciou a oportunidade de ficar parado uns momentos, num gesto congelado — o isqueiro apagado hesitando diante do cigarro. Olhava, nesse tempo, para a porta do edifício, além da qual estava o porteiro varrendo folhas de árvore contra o vento — dando razão a Keynes, para quem uma boa maneira de criar empregos na recessão é colocar varredores varrendo folhas contra o vento. E o vento era forte, motivo pelo qual, se dólares houvera naquela fronteira entre a placidez do granito e a turbulência da calçada, agora não poderiam estar mais ali: estariam voando pelo ar com as folhas das árvores.

Com o cigarro aceso, fui andando até a porta, dando de cara com o monte de dólares que jazia além do vidro, imóvel e impassível, alheio ao vento forte e alheado da atenção dos passantes e do porteiro, que agora estava bem perto da portaria — e portanto do dinheiro. Abri a porta, cumprimentei o xavante e apanhei os dólares que me correspondia apanhar. Felizmente levava uma pasta, porque de outro modo teria sido difícil acondicionar todos aqueles bilhetes nos bolsos da calça e do paletó. Tomei o frescão e parti para o trabalho.

No ponto final, em pleno edifício Menezes Cortes, diante de uma confusão de pedestres, vendedores de laranja e de loteria, policiais e suspeitos, recolhi pela segunda vez na mesma manhã o meu quinhão de dólares — que me esperava, à semelhança do que me sucedera no dia anterior, no degrau do ônibus. Com esse dinheiro seguro nas duas mãos e tratando de metê-lo dentro dos bolsos laterais do paletó (a pasta estava enfiada debaixo do braço) fui andando por dentro da multidão que circulava no interior do edifício Menezes Cortes, na passagem entre a avenida Erasmo Braga e a rua São José. Foi na editora, depois de atravessar a turba que me atrapalhava o passo em várias ruas do Centro (a do Carmo, a do Ouvidor, a da Quitanda e a do Rosário), foi na editora que finalmente pude organizar em maços a quantidade de cédulas amontoadas na pasta e em várias partes da minha roupa.

Dessa vez contei, ao todo, cento e sessenta e oito cédulas: US$ 168.00. Juntando com o que já tinha em casa, nada menos que US$ 557.00 (quinhentos e cinqüenta e sete dólares norte-americanos) achados casualmente. Dividi as cento e sessenta e oito cédulas em dezesseis montinhos de dez e um de oito, que dispus na minha mesa, bem na minha frente. Esperava que alguém entrasse na sala e se deparasse com aquilo.

Chegando alguém. O contínuo. Serve o cafezinho, como sempre a esta hora. Entra, serve e sai.

Chegando alguém. O estagiário. Para comentar, como sempre faz nas segundas-feiras, a rodada do campeonato cumprida no dia anterior. Entra, senta-se, comenta e fica.

Chegando alguém. A secretária do Leandro. Para perguntar como passei o fim de semana e entregar uns papéis despachados pelo chefe. Entra, entrega e sai.

O estagiário ficou sentado na minha frente, do lado passivo da minha mesa de trabalho. Eu, do lado ativo, dei uma olhada rápida nos papéis que acabavam de ser entregues. Como ele não comentasse nada sobre os dólares, tomei eu a iniciativa: "Está vendo esses dólares?" Ele respondeu, para meu imenso alívio: "Tou". Disse a ele que tinha encontrado aqueles bilhetes, num total de cento e sessenta e oito, em duas ocasiões diferentes, naquela mesma manhã, uma na saída do meu edifício, outra na saída do ônibus. "Que incrível", ele disse, "não posso acreditar", insistiu, e passou a perguntar coisas do tipo: "Mas você não reparou em quem ia na sua frente quando saiu do ônibus?" Deixei de revelar os episódios do dia anterior, por uma espécie de pudor.

Na hora do almoço, convidei o estagiário a sair junto comigo do prédio onde trabalhávamos. Virei para ele um entressorriso de Mona Lisa e o olhar significativo de quem diz: "Você vai ver o que vai acontecer agora". Mas não vimos nada: passamos, os dois, um ao lado do outro, pela fronteira entre o mármore da entrada do prédio e a calçada de pedras portuguesas. Não vimos nada: nem um mísero dólar. Depois do almoço, quando saíamos do restaurante de sempre na rua do Mercado (eu paguei a conta), voltei a buscar com os olhos, na fronteira entre o piso do estabelecimento e a rua à nossa frente, a cota de dólares que deveria estar à minha espera, segundo a lei que vigorava desde o dia anterior. Nada.

Mas, no fim do dia, eu sairia sozinho do edifício da editora, e ali estava o que eu esperava. E também estava no último degrau do frescão que me levou para casa. Chegando no meu quarto, contei as novas cédulas recolhidas e verifiquei estar duzentos e vinte dólares mais próspero. Tinha então o seguinte total: US$ 777.00. Não saí de casa naquela noite. Tive que vencer a insistência de Luzia, que estranhou eu não querer ir ao cinema com ela.

Enfadonho será narrar, caso a caso, as ocorrências diárias das descobertas previsíveis de montes e mais montes de notas de um dólar. Importa é saber que as mantenho comigo; e que, depois de algum tempo, já nem me preocupava em ocultá-las: não as deixava em esconderijos, mas em cima de qualquer móvel, em pilhas que se espalhavam por diferentes e aleatórios lugares da casa.

Verlaine (pronuncia-se como em português), a empregada diarista, irmã mais nova de Verushka e de Elaine, como ela própria revelou quando lhe pedi explicações sobre a origem do seu nome, Verlaine, cujas vindas aqui em casa ocorriam duas vezes por semana, terças e quintas (ela chegava cedo nesses dias, e me preparava o café), Verlaine nunca fez o mais subjacente ou subliminar comentário sobre a existência daquele dinheiro jogado por aí como se não valesse nada. E não me consta que um dia tenha subtraído uma cédula sequer. Ela tinha a chave de casa e poderia, se quisesse, em algum momento em que eu estivesse ausente, entrar e sair no dia e na hora que desejasse, sozinha ou acompanhada por algum de seus namorados. Tenho razões até para duvidar de que ela atribuísse algum valor àqueles dólares. Não sei se os terá contado, se terá perguntado a um dos tais namorados: "Escuta, tantos mil dólares é muito dinheiro ou pouco dinheiro?" Não, olhava displicentemente (e até manipulava, na faina da arrumação) o conspícuo ativo circulante, como se de partituras de César Franck ou de Alban Berg se tratasse.

Hoje em dia, Verlaine aparece quatro, e não mais duas vezes por semana, e os dólares não estão mais jogados por aí, mas colados, um ao lado do outro, em paredes e no teto. Achei melhor assim (refiro-me à periodicidade das vindas de Verlaine), porque minha casa virou um entra e sai de gente (Luzia, minha mãe, empregados da editora, entregadores da padaria e da farmácia, uma prostituta de vez em quando, o flautista com o qual costumo ensaiar duetos, e diversas classes de gente mais), e sempre fica aquela bagunça quando eles vão embora. Como se não bastasse minha própria bagunça.

Viver dentro de casa em tempo integral tem compensações, como por exemplo a de não ter que cruzar, todos os dias, a passagem que existe dentro do edifício Menezes Cortes entre a avenida Erasmo Braga e a rua São José. Mas tem suas vicissitudes, como, por um lado, a esparsa saudade de alguns bares, de algumas árvores da Mata

Atlântica e até do ambiente às vezes bom que havia dentro da editora; e, por outro lado, a adaptação ao silêncio cibernético deste computador, pelo qual mantenho contato, horas a fio, com a equipe do Leandro e a vasta rede nacional e internacional de editores, agentes literários, escritores, tradutores, críticos e livreiros com os quais me comunico, via e-mail ou fax.

Entre as vantagens de trabalhar em casa, destaco a de, de vez em quando, poder abrir o teclado do piano para inovar uma vez mais minha interpretação da Sonata op. 111 de Beethoven.

O apartamento está todo mudado. Meu quarto, que era uma peça enorme de sete metros e trinta por três e oitenta, está dividido em dois aposentos franciscanos — um é meu dormitório, o outro é escritório. Neste último, fica apenas uma mesa de trabalho, o conjunto do computador, um telefone e um rádio vagabundo e portátil, que só ligo para competir com o rádio que Verlaine deixa ligado na cozinha. No dormitório, além de uma mesinha-de-cabeceira e uma cadeira, não tenho mais que uma cama de solteiro, objeto de constante irritação para Luzia, que vê nesse leito, e na minha relutância em substituí-lo por uma cama de casal, um sinal mais que evidente da distância que, segundo alega, quero guardar dela. Quanto à estante e ao piano que compunham, na situação anterior, o mobiliário do meu quarto, estão agora na sala. Por falta de espaço, desfiz-me de alguns móveis, que mandei para as casas de Luzia e da minha mãe.

Já faz mais de um ano que não saio do apartamento nem por um minuto. Luzia se convenceu de que minha agorafobia é incurável, e se prepara há alguns meses, da maneira mais discreta e menos traumática possível (é muito elegante da parte dela), para me dar um chute. Mas não tem pressa, porque minha reclusão a incomoda pouco, deixa-a com mais liberdade para fazer de sua vida o que bem entende. E há certas vantagens, para ela, em nossa união, por oblíquas razões profissionais.

Minha mãe não se conforma, já pediu a um psiquiatra que viesse conversar comigo aqui na minha casa (o profissional não quis vir, disse que não lhe cabia me procurar, eu é que devia procurá-lo; e minha mãe, com carradas de razão, retrucou: "Como é que ele pode procurar o senhor? para procurar o senhor, teria que sair de casa, e este é o problema que eu quero que o senhor cure, isto é o que eu quero que o senhor consiga: que ele saia de casa"; ao que o facultativo respondeu, com recíprocas carradas de razão: "Ele pode usar o telefone para me procurar."); e uma vez minha mãe apareceu aqui com um incrível frade franciscano vestido a caráter, de barba grisalha, tonsura no alto da cabeça, pele muito branca. Minha mãe deve ter pensado que, na presença piedosa do religioso, eu iria sair de casa, em fuga desarvorada ou por defenestração voluntária. Mas o efeito foi o oposto, tendo tido eu muito prazer em receber o manso sacerdote, o qual, sem muita coisa a dizer na conversa que minha mãe aflitivamente insistia em manter acesa, pôs-se a benzer-me, assim como aos diversos aposentos do apartamento, com palavras latinas e gestos de maestro ao reger devaneios campestres de Debussy.

As pessoas que aqui me visitam, voluntariamente ou por obrigação (como Verlaine ou empregados da editora que me trazem manuscritos para o meu parecer e correspondência de trabalho), essas pessoas não estranham quando, ao entrarem no meu dormitório-escritório, dão de cara com o teto e as paredes inteiramente forradas com notas de um dólar. Nem sequer comentam se acharam bom ou mau o efeito estético da cédula multiplicada aos milhares.

As pessoas são estranhas. Em mim, o efeito é sempre hipnótico. Neste quarto destituído de todos os supérfluos, eu me vejo inúmeras vezes deitado de barriga para cima, contemplando no teto o múltiplo rosto do grande pai da nação, dele sentindo, às vezes, emanar uma proteção inefável que jamais encontrarei na psiquiatria, na religião, na música, no amor, no trabalho, na televisão, e muito menos na rua — à qual não pretendo descer: nunca mais.

Mas há momentos em que, de dentro da alma desse dinheiro, alguma coisa se avoluma, e estou falando de um certo olhar implacável e imutável que George Washington sabe fazer, quando me condena serena e perenemente por algum delito de cujo cometimento nunca me recordo. Esses são os momentos em que todos os milhares de implacáveis george-washingtons se fazem ouvir por uma música à qual meus ouvidos estão desacostumados — um silêncio, mas um silêncio entoado por uma única nota que não pertence à escala musical: um som mudo e longo, que pode durar uma noite inteira. E mesmo quando apago todas as luzes e fecho a porta e as janelas do meu dormitório-escritório, mesmo sem ver a face acusadora desse mentor primevo de uma ordem superior que me escraviza, mesmo então o silente som permanece, e eu não consigo esquecer-me dele durante dias e dias intermináveis. Nem Bach, com suas matemáticas, consegue aplacá-lo.

Há sábados em que convoco o flautista, e faço isso nos meus momentos de desassossego, depois de uma semana inteira em que a multidão de george-washingtons me tortura com seu silêncio sonante. É difícil eu contar com a presença do flautista nesses dias, ele é muito ocupado e tem vida social muito intensa. Eu me fico, então, com meus próprios dedos, martelando as teclas em imitações de Thelonius Monk; ou na frente da televisão, explorando toda a programação de fim de semana; ou na Internet.

É cada vez mais raro Luzia estar comigo nos sábados e nos domingos. Ela me diz que se sente como se estivesse visitando uma tia solteirona que não perde o programa dominical do Silvio Santos. Não me ofendo, e aciono o controle remoto mais uma vez para zapear pelos canais. Luzia não entende. A televisão, ela não sabe, tem que ficar ligada sem parar; de outro modo, eu não resistiria ao silêncio de todos esses george-washingtons, que de qualquer maneira penetra em todos os cantos da casa e da minha alma — silêncio que me chega como um vento soprado desde as pradarias de Dakota, tal como soprava antes da conquista do faroeste. Eu contei a Luzia muitas vezes o que acontecia comigo, contei claramente a razão de não querer sair de casa, mas ela nessas horas olha para as notas de um dólar como se estivesse diante de um papel de parede barroco e banal — uma *grisaille* indistinta à qual não sabe dar valor.

Tenho tudo o que o dinheiro me podia dar, mas isso Luzia não entende. E não entende porque não me ama (quem ama entende).

O que verdadeiramente ela não entende, nem minha mãe, é que, já tendo tudo o que o dinheiro me podia dar, persigo, por instinto de um atavismo imemorial, o augusto signo de Saturno — sob o qual, no excludente regaço do lar, quero viver a versão, historiada por Hesíodo, dos venturosos dias da Idade do Ouro.

ANNUIT CŒPTIS. Vivo sob o manto dessas palavras, no princípio traduzidas por mim como "desígnios consentidos" ou "empreendimentos consentidos". Minha amiga Clara não desaprovou essas fórmulas, embora, cautelosa, preferisse outra: "cometimentos favorecidos", perguntando-se a propósito:

— Quem consente, ou quem favorece esses empreendimentos? — E ela mesma se respondeu: — Deus. Que neste ANNUIT CŒPTIS está onipresentemente elíptico.

(E tinha razão, como verifiquei mais tarde ao descobrir que um tradutor interpretara o sentido de ANNUIT CŒPTIS como: *He* [Deus] *hath smiled on our undertakings*; e outro para: *The gods have favoured our undertakings.*) Disse Clara, com uma sutileza que é bem reflexo de seu vigor literário, mal disfarçado em rigor acadêmico:

— Já que não aparece o agente da passiva (que, não por acaso, em se tratando dos americanos, são os deuses), melhor será traduzir ANNUIT como "favorecidos". Melhor que "consentidos". "Favorecidos" supõe uma ação magnânima de Deus; "consentidos" supõe certa passividade.

Chico, outro amigo, debruçou-se sobre NOVUS ORDO SECLORUM. Veio com estes versos das *Bucólicas*:

Magnus ab integro sæclorum nascitur ordo.
Jam redit et Virgo, redeunt Saturna regna;
Jam nova progenies cælo dimittur alto.

Estão na estrofe inaugural da quarta parte — a mais célebre do poema, por conter versos que poderiam indicar ter sido Virgílio o vogal de uma profecia da vinda de Cristo e do cristianismo, fatos que aconteceriam quarenta anos mais tarde (durante a Idade Média, e já antes, a quarta *Bucólica* gozou, por essa razão, de imenso prestígio). Eis uma tradução dos três versos acima (traduzo do inglês): "A grande marcha dos séculos começa toda de novo. Agora a Virgem retorna, agora Saturno reina outra vez; e uma nova e melhor raça desce do alto".

Apressou-se Chico a informar-me que, no "Purgatorio", encontrara Dante em conversa com Virgílio e Eustácio — que ali estava, este último, no Círculo dos Avaros, por haver cometido (vejam vocês) o pecado da prodigalidade. Chico ouviu Eustácio recitar, na língua de Dante:

> *Fasceti come quei che va di notte,*
> *che porta il lume dietro e sé nos giova,*
> *ma dopo sé fa le persone dotte,*
>
> *quando discesti: 'Secol si rinova;*
> *torna giustizia e primo tempo umano,*
> *e progenie scende da ciel nova'.*

(Clara e Chico portaram, por detrás deles, uma tocha, e era noite. A tocha não lhes servia, servia só para mim: ela iluminou o meu caminho. Como era eu, e não eles, o destinatário das mensagens contidas na nota de um dólar, o empenho deles foi como o empenho de Virgílio, que iluminou o caminho de Dante, de Eustácio, de mim e de todos nós que compartilhamos este vigésimo século — tão falto de justiça, *hélas*!)

O fato é que essas aproximações de Virgílio foram-me levando a um certo paganismo nostálgico sincretizado em simbolismo cristão, que no fundo é tudo o que a nota de um dólar é (para mim).

Gérard de Nerval. Emerge o poeta do "sol negro da Melancolia". Via *one dollar bill*, ingresso no soneto "Delfica" e na pele da ninfa Dafne sendo consolada pelo inconsolado Nerval — parafraseando, como Dante no "Purgatorio", o mesmo trecho da primeira estrofe da quarta *Bucólica*:

Ils reviendront, ces Dieux que tu pleures toujours!
Le temps va ramener l'ordre des anciens jours;
La terre a tressailli d'une souffle prophétique...

E de novo tu me consolas e me encorajas, ó saturnino George. É que teu olhar se deixa possuir, às vezes, por essa calma compaixão virgiliana — e creio que disso se terá apercebido o frade franciscano, muito embora nele eu não tenha surpreendido, enquanto cumpria a piedosa missão de benzer meu dormitório-escritório, uma especial atenção às cédulas de um dólar aprisionadas no teto e nas paredes.

Hoje é uma segunda-feira. Verlaine ainda não chegou. Ainda não me conectei com a editora: ninguém chegou lá, é muito cedo. Estou neste computador desde a madrugada. Meus dedos ferem estas teclas porque não quero acordar a vizinhança com as teclas do piano. A cidade agora começa a despertar. Nos sonhos que a povoaram durante a noite, terão sido engendradas novas surpresas para os munícipes, que com elas se entreterão durante o dia acabado de nascer. Eu estarei aqui, protegido da luz do sol, a salvo desses sonhos, parecidos a estes sonhos que Verlaine sonhou nos *Poèmes saturniens*:

Et d'étranges rêves,
Comme des soleils
Couchants sur les grèves,
Fantômes vermeils,
Défilent, pareils
A des grands soleils
Couchants sur les grèves.

MEMORIAL DO ESQUECIMENTO

Otros entienden que antes de la invasión oiremos desde el fondo de los espejos el rumor de las armas.

"Animales de los espejos"

Conversava com Maria Kodama sem se dar conta, por não enxergá-la, de que era inútil. Velhas e várias lembranças eram sacudidas e largadas em sua mente, como dados largados sobre o feltro verde. Falava, naquela tarde, para o vazio, impreenchível vazio: Maria Kodama dormia enquanto ele ditava o que nunca mais voltaria a compor. Seu metódico solilóquio, lento, hesitante e vagabundo, perdeu-se irremediavelmente: tudo se esvaiu naquilo que ele mesmo, num momento de sua fala, convencionou chamar "atmosfera geral do esquecimento".

Não é mais possível escutar sua voz vivente. Por essa razão, e para evitar o que de outro modo seria um fatal esquecimento, é urgente recuperar, aqui, o que ele pensava e dizia para ninguém, naquela tarde de lembranças fugazes da infância.

Andava solto o seu pensamento, como se navegasse dentro de um mafuá aéreo e evanescente — cujas atrações, em lugar do carrossel, da roda-gigante, dos autômatos e do tiro ao alvo, eram carretéis que rolavam, bolas quicando, balões que se demoravam no ar e outras indizíveis coisas roliças, esféricas, leves.

O pensamento começou a falar, para dizer (à adormecida Maria Kodama) que seu dono não se lembrava da primeira vez que seu gesto de criança arrebentara uma bolha de sabão — embora guardasse, daquele momento, a fátua recordação de um certo espanto, indefinido como Deus.

Logo se calou para rastrear na memória as bolhas de sua infância. Encontrou-as primeiro numa banheira, depois num prato de sopa. Estas últimas, ele mesmo fazia ao inclinar sua colher e despejar o caldo lentamente, quase gota a gota, de volta ao prato. O líquido se espatifava coronariamente contra a superfície, formando bolhas de diversos tamanhos. Enquanto a sopa esfriava, ficava olhando para aquelas esferas precariamente diáfanas, procurando adivinhar o conteúdo de suas opacas e úmidas películas placentárias.

Já tinha sido adestrado a compreender que as bolhas contêm ar — o mero gás chamado ar. Mas não lhe satisfazia a informação de que o ar liberto da atmosfera e o ar aprisionado em bolhas tivessem idêntica composição química; pugnava pelas óbvias diferenças entre os dois ares; e compunha, em sua casa de Buenos Aires, um manifesto íntimo e incomunicado no qual sustentava, com ardor, a tese do patente contraste entre a banal eternidade do primeiro e a sugestiva, embora breve, transitoriedade do segundo. Uma vez, quando se viu sozinho diante do prato de sopa, juntou o ouvido às bolhas para surpreendê-las em seus recônditos murmúrios íntimos — hábito que mais tarde (v. epígrafe) iria transferir para os espelhos.

Metido em sua poltrona, de volta à realidade e à literatura (conceitos que nele se continuavam), sentenciou em voz alta: "A bolha é a mais perfeita — e possivelmente a única — imitação de Deus". Esperou o tempo necessário para que Maria Kodama terminasse de transpor essa sentença para o papel. Esperou também algum comentário dela, ou qualquer som. Ante o silêncio, comunicou em seguida que, à semelhança de Poe, apreciava as águas densas, estranhas, de cor indefinida. Conjugando os dois estimados elementos (ar & água), propôs à companheira uma alegoria sobre a memória e o esquecimento: estabeleceu que a memória está para a água assim como o esquecimento está para o ar contido em bolhas.

Não. Deixou de lado, por enquanto, para futuro exame, essa linha de analogias. Caiu em novo silêncio. Maria Kodama dormia profundamente.

Foi um longo silêncio. Durante muitos e grávidos minutos, procurou conjurar o pensamento errático para tentar organizar a estrutura de um texto. Finalmente, na certeza de que Maria Kodama estava não só desperta mas também com papel e caneta ao alcance da mão, ditou com vagar a seguinte notícia:

"Zaratustra cansou-se de lançar dados. Agora, com a mão em concha — com a mão em concha... a mão em concha... — colhe de um estranho oceano um líquido denso, o qual devolve em parcimoniosas porções. A colisão do líquido contra a superfície provoca formidáveis estrondos e produz bolhas. O aprendizado da sopa... Bolhas zoroástricas... Escreva, Maria, escreva... Formidáveis estrondos... Bolhas zoroástricas...

"As bolhas zoroástricas contêm não só o ar ordinário mas também extraordinários signos crípticos — escreva, Maria, signos crípticos... signos crípticos... sim, por que não? signos crípticos... — a serem decifrados, esses signos crípticos, por quem delas se aproxime — para quem se aproxime dessas bolhas, depois você me lê — e arrebente suas películas. Com essa arte tão simples, é possível — com essa arte tão simples, é possível... — alcançar as maravilhas indevassáveis que as bolhas aprisionam — as quimeras indevassáveis... alcançar as quimeras indevassáveis que as bolhas aprisionam. Quem estiver apto, poderá traduzir os estranhos sinais, no momento exato — os estranhos sinais, no momento exato... — os estranhos sinais, no momento exato de seu desvelamento; caso contrário, eles se diluirão na atmosfera geral do esquecimento — o ar ubíquo, neutro e sem história, presente em nosso sistema respiratório mas ausente de nossa visão e de nossa consciência — da visão dos homens e de sua consciência, depois você me lê, por favor.

"Apenas os poetas consultam essas bolhas. Encontram dentro delas, como em bolas de cristal, indícios de seres que viveram e fatos que aconteceram no mundo real, mas foram esquecidos. Que horror. Encontram dentro delas, como em bolas de cristal, indícios de seres que viveram e fatos que aconteceram no mundo sensível, mas foram esquecidos — no mundo sensível... mas foram, sem embargo, esquecidos. Eu, por exemplo: tomei conhecimento da existência de um Pierre Menard — tomei conhecimento da existência de um Pierre Menard... de um..., do velho companheiro Pierre Menard — tomei conhecimento do velho companheiro Pierre Menard quando meus dedos estouraram uma bolha. Quando meus dedos estouraram uma bolha, travei conhecimento com meu velho amigo Pierre Menard. Ele estava lá, inteiro, na ingente tarefa de construir o Quixote — ingente... ta-re-fa de constru-ir o Qui-xo-te. O conteúdo da bolha que o revelou informou-me que ele me enviava cartas de Bayonne na década de 30; soube, também, pelo mesmo meio — pelo mesmo meio... estourando bolhas, pelo mesmo meio... — soube, também, estourando outras bolhas, de várias particularidades de sua obra e de suas... e de suas... e de suas... relações pessoais.

"Tudo havia sido esquecido: Menard, o Quixote de Menard, suas idéias, suas amigas. Ao arrebentar a bolha na qual ele habitava, resgatei-o em sua integridade. Mas não tive a humildade de reincorporá-lo à história: por uma estranha vaidade, apenas reforcei a idéia de que Menard era uma ficção. Menti. Não revelei sua existência para não ter que confessar a incapacidade de criar uma personagem a partir da imaginação. Pior que isso: ao contar a história de Menard na primeira pessoa, converti-me numa hipóstase, fiz de conta que minha própria identidade era uma impostura, fingi ser irreal este homem que no entanto fala e é por conseguinte real; homem cujas palavras neste momento soam, vibrantes, embora monocórdias, à busca do desativado ouvido de Maria Kodama."

Neste ponto, parou de falar. Escutara uma ressonadela de Maria Kodama no momento em que pronunciava a palavra "amigas". Cravou o que restava da vista na única cor que sua cegueira ainda podia captar. Viu-se dentro de um globo amarelo, do qual seus olhos eram centro e emanação.

BELA DA TARDE

ELA, SÓ PARA EXECUTIVOS.
ELE, SÓ PARA ELA.
UM DESENLACE.

Um a um, vão sendo abertos os botões frontais do vestido. Sabe que seu cavalheiro gosta de ver primeiro a parte que a calcinha esconde. Sabe também que a mecânica da abertura do sutiã (dedos trabalhando nas costas) tem menos força anímica que o gesto de baixar a calcinha — um mexer de cadeiras, um jogo de pernas, um deslizamento de mãos dos quadris aos pés, o momento da breve suspensão do pé para que a peça diáfana transponha a fronteira aérea entre o seu corpo e a cadeira (ela curvada, a mão na altura do pé, o joelho esquivamente dobrado sobre a outra perna). Ela tira a calcinha e mostra o triângulo pubiano, as coxas separadas num ângulo ínfimo.

Depois desse intróito, se o cavalheiro aprovou tudo aquilo ela se põe ereta, os olhos fixos nos olhos dele, as mãos para trás no labor do fecho. Ela olha para ele. São os olhos dela que ele não consegue parar de olhar.

Mas, se o cavalheiro ficou indiferente — ou, o que é pior, se ele reagiu mal — àquilo tudo da calcinha, não há problema; nada está perdido, pelo contrário: é no improviso que as coisas da sedução incorporam o fator risco; e tem menos volúpia, uma sedução sem risco.

A coda do prelúdio está por vir: é o momento do vestido, que duas mãos — na altura do ombro, dobradas do jeito que as dobram ninfas ao tocarem pés n'água ao entrar no lago — sustentam e largam no ar. Há um pousar atrás dos pés plantados. O vestido fará uma carícia no calcanhar.

Depende da cara dele. Se o que ele vê pela frente o comove até a fascinação, ela fica parada um pouco para ser admirada em cada detalhe. Caso contrário, dá logo um passo à frente (há outras que dão um passo atrás para aumentar o ângulo de visão, como se perguntassem: "E então, não vai dizer nada?"). Ela vai para a frente, sua boca ao encontro da boca contrária, as mãos em direção ao cinto a ser afrouxado e aos primeiros botões a desabotoar na calça alheia. Dedos longos e destros fazem belo trabalho.

"Prefiro parceiros cheirosos", ela diz, ou escreve em sua agenda, ou apenas pensa; "e dentro de minha própria alcova com ar refrigerado. Não gosto de suor. Aprecio que eles tenham uma certa humildade a respeito do físico. Gosto mais dos sedentários que dos atléticos. Eles podem ter uma barriga mais flácida, mas têm a vantagem de não ter muito do que se gabar."

Gosta dos sedentários, portanto, é um direito que lhe assiste, e gosta também de um certo tipo de senso de humor — não desses que emanam do descortinar suave da sutileza fina, mas desses, súbitos, que irrompem na explosão do achado. De escritores e artistas, não gosta. Na verdade, o que ela gosta mesmo é de executivos. "Só p/executivos", ela escreveu no anúncio classificado que sai diariamente no jornal.

A cada telefonema que recebe, docemente procura adocicar o conquistador. Faz perguntas discretas sobre ele, dá deixas para manifestações de ironia até compor um quadro das qualidades do cavalheiro — e mesmo de seus atributos físicos. Faz esse teste. Se o cavalheiro passa, ela consente em dar seu endereço. Caso contrário, desliga o telefone depois de uma desculpa ("Minha agenda está cheia hoje... Amanhã está cheia também... Não, fim de semana eu não trabalho... Nossa, que azar, semana que vem eu vou viajar... Pra Búzios... Desculpe, está chegando alguém, desculpe, tenho que desligar").

Para arrancar as informações de que necessita, ela tem, com os homens que telefonam, conversas mais longas que as habituais nesse tipo de negócio, e este é o problema: é sedutora nessas conversas, sua voz é sedutora, seu interesse pelo outro é sedutor. Tudo faz para escoimar dessas conversas as senhas da sedução, mas é inútil: o próprio esforço resulta mais sedutor ainda. Eles não se conformam quando rechaçados, procuram retribuir a sedução dela com exercícios recíprocos e convulsivos de sedução masculina. São tentativas desesperadas e canhestras.

Alguns insistem, voltam a ligar. É duro para ela reciclar as evasivas. Alguns engrossam, ela engrossa em dobro. Alguns desligam o telefone e voltam a ligar cinco minutos depois, e assim pode ficar uma tarde inteira. Ela, nesses casos, tem que tirar o fone do gancho, e aquele dia passará sem que receba ninguém. Arruma então o que tem de arrumar no apartamento, faz outras coisas que tinha a fazer fora da rotina.

Ela tem uma agenda na qual registra as ocorrências telefônicas. Cada contato merece uma descrição de duas ou três linhas, seguida do veredicto em tinta vermelha: *** (candidato aceito), ** (candidato pendente de exame) ou * (recusado). São raríssimos os casos de ascensão da categoria * para as duas superiores. Os *** são automaticamente transferidos para outra agenda, onde se marcam os horários das visitas e as circunstâncias impropícias, como as de natureza menstrual. Existe também um fichário organizado pelos nomes dos ***, contendo retângulos de cartolina azul-clara com descrições e comentários, às vezes meticulosos, sobre o desempenho de cada cavalheiro. Nada se perde, tudo está nesse material. Um dia, ela pensa, vão descobri-lo. Haverá o dia do escândalo, ela pensa com um sorriso de fascinação, braços apoiados no parapeito da janela, olhando o movimento da rua lá embaixo, um canteiro de obras onde trepida um barulho infernal de britadeira e um baita negro a manejá-la, músculos brilhantes e veias túrgidas banhados de suor. Nesse dia, ela pensa, no dia do escândalo, entregará suas entranhas ao crioulo. A esse e a tantos que ostentem a mesma raça e o mesmo peito triunfal.

— Mas eu já disse que não agüento mais — ele diz, no lado ômega da linha. — O que é que você quer? Um fim de semana em Búzios? Fala, o que é que você quer de mim? Uma semana em Nova York?

Silêncio no lado alfa da linha.

— Eu dou! Eu dou qualquer negócio! — ele explode no lado ômega.

Silêncio no lado alfa.

Um grunhido no lado ômega. Nesse ponto, ela diz, no lado alfa:

— Vamos desligar agora, até amanhã — e desliga: é bem lacaniana, ela.

Com esse cavalheiro, é todos os dias. Nos dias em

que ele falha, ela reclama, desolada, na conversa seguinte. Deixa ele dar a explicação: — Eu passei a tarde com a minha mulher no ateliê dela, encomendei uma comida para a gente comer lá, ficamos conversando sobre os quadros, a arrumação do ateliê e fui ficando a tarde inteira. De manhã você não está, de noite você sabe que eu não posso.

— Ela não saiu nem um pouquinho?

— Como assim?

— Não saiu de casa, quer dizer, desse ateliê dela?

— É, saiu um minuto, foi comprar cigarro.

— Por que você não me telefonou nessa hora? Só para dizer boa-tarde?

— Lá não tem telefone.

Ela tem uma tática com todos os cavalheiros: nunca mostra ciúme dos casados que falam de suas mulheres. Pelo contrário, pede detalhes, quer saber tudo. Eles adoram isso, sentem confiança nela, falam, contam tudo. Ela quer saber dos dotes físicos e íntimos das mulheres legítimas, e eles dizem: — Nenhum, é uma gorda que não pára de falar um segundo. Ela insiste: — O que ela tem entre as pernas? Ele: — Uma xoxota gorda. Ela: — Uma vagina carnuda? Ele: — É, carnuda... E ela, cortando: — Mas você não gosta de carnuda?

É possível que cavalheiros desse tipo saiam de uma conversa dessas gostando de certos aspectos de suas esposas, antes desprezados. É mais um serviço público que ela presta. Não é uma desagregadora de lares, não é uma chantagista, nada exige em troca da paixão que inspira.

— Como é que foi a transa no ateliê?

— Que transa?

— Não levou champanhe?

— Não, champanhe não teve.

Esse cavalheiro faz parte da categoria ** (pendente de exame), mas bem poderia ser classificado como "pendente de muito criteriosa e possivelmente favorável consideração". São meses de insistência na súplica por um endereço que jamais consegue. Um penar diário para imaginar, de ômega, o rosto só presente em alfa. Uma viagem impossível entre um ponto e outro; necessário é deslocar-se pela via terrestre, de táxi, mas para tanto há que haver endereço. Mistério, esse, tão grande quanto o rosto desconhecido. Uma dança do ventre pelo telefone: a dama jamais descobre o rosto. O véu eterno, um véu sem fim, tecido ponto por ponto a cada palavra e a cada suspiro que, Sherazade, ela emite direto no ouvido dele. Quando ri, é uma risada que ele nunca sabe se corresponde, em alfa, à contração facial que, de ômega, inventa.

— E como é que você quer que eu me entregue ardentemente a um homem que nem se lembra de trazer champanhe ao encontro da amada?

— Você deve ser tão linda — ele diz, com a voz quase sumida de emoção.

— Vou ter que desligar — ela diz, depois de um silêncio. — Até amanhã.

Depois de desligar, ele fica olhando para o telefone como se de um navio se tratasse, um vapor se afastando lentamente baía afora até sumir por trás do Pão de Açúcar. Não, não meterá os dedos para discar de novo para ela. Terminou o tempo por hoje. Insistir no mesmo dia pode ser gravíssimo, ela pode ficar decididamente enfurecida, pode ser o fim. Tudo pode. É melhor não. O navio demora a desaparecer e seus olhos não largam aquela silhueta destacada de todo o resto da paisagem marinha. Até que toca, o telefone toca, toca, e pela quarta vez toca. Ergue o fone, "alô!"

"Nunca! eu nunca disse isso, e pode me escrever uma minuta de carta para publicar nesse jornal, desmentindo essa palhaçada..."

"Hoje, para sair amanhã. Quero essa beldade hoje."

Um estalar de língua. "Que beldade? Eu estou dizendo que quero essa mi-nu-ta hoje."

"Senhor editor,

O artigo assinado pelo senhor fulano de tal, publicado na página 8 da edição de 5 do corrente mês desse prestigioso periódico, contém duas imprecisões que reclamam urgente correção. Mas pode me injuriar, senhor editor, pode caluniar, difamar. Não publique meus desmentidos. Só lhe peço, em troca, aquela que em vossos classificados se anuncia. Ao menos peço, senhor editor, na impossibilidade de deferimento, que me conceda a graça de publicar esta carta no capítulo 'Massagem' dos classificados. Um encontro de nossas palavras: nossas palavras unidas, senhor editor, nas páginas desse prestigioso periódico. Porque me é de direito, pela lei de imprensa, responder às aleivosias de que tenho sido alvo, seu canalha, nesse jornal vendido."

— Oscar.

— Sim, chefe.

— Essa carta, Oscar, a carta para o jornal, estou esperando. Isso é pra ontem, Oscar. Estava demorando tanto que eu já comecei a escrever aqui. Eu tenho que sair daqui a pouco, tenho que ir ali no Jockey, não sei se vou voltar.

— Já estou imprimindo aqui no computador, chefe. Levo aí daqui a três minutinhos.

Uma agonia imensa o aguarda. Um olhar ao Pão de Açúcar, que se escancara com nitidez obscena da janela de seu gabinete, traz-lhe a imagem do tal navio que parte. Ele vê, sem que nada disso exista no mundo sensível, uma baía vazia de barcos e um Aterro vazio de automóveis. Ele não vê as intervenções urbanísticas à beira dessa baía; vê o mar presente nessa baía tal como o via Bentinho quando começou a desconfiar de Capitu: revolto, poderoso e inimigo, como a morte. E a nave singra, na visão dele, solitária e vagarosa, já cinzenta pela velhice, pelo tempo nublado e pela hora avançada da tarde.

Lentidão nos gestos e um pensamento nefasto. A dor de uma rejeição a tão ardente desejo descompõe um homem, ensombrece o mais íntimo crepúsculo de seu rosto, estilhaça suas últimas e malditas certezas. Mas por que prosseguir? Por que insistir sempre em súplicas diárias e vãs? Um dia eu morrerei sem ver essa mulher. Depois de tantas vezes que te tenho visto numa outra mulher que passa, num shopping center, numa calçada; depois de tantas vezes, mulher, eu morrerei, e nunca terás chegado.

Uma ausência se consuma naquele navio que deixa a baía agora, além do morro Cara de Cão, na fronteira da morte.

"Até amanhã", ele diz à secretária, "até amanhã, doutor", ela diz. Ele some num elevador. Não esperou a minuta do Oscar, que até amanhã se deixará torturar pelo flagrante de sua manifesta incompetência. Do trabalho, direto a casa e, nesta, umas doses sucessivas de uísque com soda. Minha mulher vai chegar com seus dedos sujos de tinta. Minha mulher está chegando, oi, minha mulher, um beijo, mulher minha. E está carregando uma tela: sua produção de hoje.

Meu corpo se estatela no sofá. Ah, agora percebo: estou bêbado. Vejo o corpo da mulher que me vela, cabeça inclinada, o cabelo que pende e lhe esconde quase todo o rosto. Teu colo, o colo teu, mulher minha, acolhe minha cabeça afagada por teus dedos sujos de tinta. Sou tua tela e serei obra de tua arte. Afaga-me, mulher, eu emito com grunhido sôfrego e suíno. Minha mulher me interpela: o que que foi? Não repito, peço que me deixe dormir.

Na manhã seguinte ela está lá, entre a manteiga e a geléia, em sua pequena janela do edifício "Massagem" — onde mora entre vizinhos como Bela Boneca Viviane, Louise Gatinha Zona Sul, Os Cinco Gatinhos, Alexandra e Camille, Rafaela Coroa Exuberante, Sex Boneca Kelly, André Halterofilista, Larissa Universitária e tantos outros. Insisto em só entrar naquele edifício se descobrir onde fica a porta com o letreiro: "Só p/executivos". É o que eu sou: executivo: tenho credenciais fiscais e patronais: não posso ser excluído!

Ela dorme profundamente naquela hora da manhã, não há ninguém perto que a faça despertar. Quando finalmente acorda, vira o rosto para a janela, olhos postos na cortina azul. Procura não pensar, e não pensa, até que ressurjam dentro dela ecos de uma voz: "Você deve ser tão linda". No princípio, não se recorda de onde vêm essas palavras e nem se esforça para lembrar. Atrás delas, contudo, vem surgindo o cavalheiro que as pronuncia.

Ela não se importa em deixar que ele avance em seu pensamento. Não opõe resistência à progressiva invasão. E desperta de vez, com o lampejo súbito da consciência.

Esse acontecimento teve grande importância em sua vida. São raros os homens que acordam ao lado dela. Mais raros, e mais importantes, são os que acordam dentro de sua cabeça. São poucas, mas memoráveis, as manhãs em que isso se passou em sua vida. Guardou impressões imorredouras desses homens.

Quem é ele? Ele diz se chamar Oscar, mas ninguém se chama Oscar, é um nome que pertence exclusivamente à lista das alternativas de pseudônimos. Mas ele sempre conta a verdade sobre sua mulher. Só falta revelar-lhe o nome. Ele diz sempre: minha mulher; não diz Márcia, Beth, Dalva. Fala de como ele é com ela, fala da beleza dela, de como são assexuados os dois e de como é autêntica a natureza artística dela. Fala de um ateliê delicado e de uma dedicação disciplinada e sistemática à pintura. Ele a ama. E ele me ama e me aguarda desesperadamente. Sou dele, mas morrerá por minha ausência.

Ele avança em dois sentidos: no pensamento dela e no trânsito a caminho do escritório. Ela recua na cama, puxa os lençóis para cobrir-se, fica imóvel, os olhos no teto. Assim permanecerá por toda a manhã. Finalmente, depois de uma breve tentativa de almoço, descartada por falta de apetite, escolherá uma roupa simples para dar início à jornada de trabalho.

— Oscar, minha pobre e doce criatura. Eu me apresentarei ao teu cadáver e darei em tua boca gélida um longo beijo de paixão. Morrerei do veneno que lamberei dos teus lábios.

Ela disse tudo isso de supetão, sem dizer alô, logo que arrebatou o fone do aparelho, que nem chegou a completar a primeira tilintada: ela sabia que era ele.

— O que você está dizendo? Está me propondo um suicídio duplo?

— Só *um* suicídio, Oscar: o teu. Não pretendo lamber-te os lábios, mas prometo beijar-te a testa com ternura. Juro meu amor póstumo por ti. O que tu me amaste em minha ausência, amar-te-ei, Oscar, em minha lembrança de ti. Adeus.

Ele saiu do escritório, desarvorado, e nem pegou o carro. Foi no primeiro táxi. Já sabia o endereço; sem perguntar, descobriu que já conhecia o endereço.

A porta estava entreaberta, entrou de assalto. A primeira coisa que notou foi o telefone, que nunca supôs existir ali. Tocava sem parar. Ela não atendia. Eles se olharam. Primeiro, ela abriu uma gaveta, depois avisou que sairia para comprar cigarro. Ele ia impedi-la, mas deparou-se com a gaveta aberta (dentro, uma arma). Ela saiu, fechou a porta do apartamento, cumprimentou alguém no corredor, depois cumprimentou o porteiro. Usava sapatilhas de lona e um vestido de verão. Quem a viu atravessando a rua, dando uma corridinha para se safar de um ônibus antes de atingir a calçada, terá guardado a bela imagem na retina para o resto do dia.

De volta ao apartamento, apoiou numa almofada a cabeça dele, para posicioná-la do jeito que queria. Os olhos do cavalheiro, arregalados como ela previra, estavam postos nela, sem alterar o horror que permanentemente exprimiriam até se consumar a decomposição dos órgãos. Telas, pincéis, tubos de tinta, vidros haviam sido atirados para todos os lados. Sangue se misturava aos óleos que ela usava no trabalho. De frente para o defunto marido, desabotoou um por um os botões do seu vestido. Baixou a calcinha. Tirou o sutiã sem alça. Livrou-se das sapatilhas; finalmente, do vestido.

Fechou a tal gaveta, onde de hábito guardava duas agendas, um fichário e uma arma.

VIAGENS E VIAJANTES NA HISTÓRIA DA LITERATURA

> *Eu creio que o mar então batia na pedra, como é seu costume, desde Ulisses e antes.*
>
> Dom Casmurro

Devo ao professor Otacílio da Silveira a oportunidade de poder aperfeiçoar, *a posteriori*, uma conferência que proferi no Real Gabinete Português de Leitura. Para ser mais exato, não sei se lhe devo tanto: será mais cabível atribuir-lhe a responsabilidade pelo inextricável baralhamento de minhas idéias — o que não deixa de ser uma contribuição de sua parte, pela qual de algum modo sou devedor. De todas as maneiras, a conferência, tal como a li naquela noite de 1947, não existe mais: seu texto foi perdido. Mais de uma vez tentei refazê-lo, mas minha memória e minha disposição para esse trabalho sempre sucumbem ante um poder maior: a persistente e paralisante lembrança das minhas perplexidades, tão vivas em meu primeiro e último encontro com o professor Otacílio.

Durante a conferência, na altura dos parágrafos finais da minha leitura, desabou dos céus um desses aguaceiros cariocas e bíblicos, que me obrigou, e aos demais presentes, a permanecer durante uns quarenta minutos dentro do recinto, depois de encerrada a função. O que era acontecimento cultural converteu-se, graças à chuva, em animada confraternização geral. Conversei com muita gente, ouvi anedotas e contei outras, recebi abraços e palavras de afeto, e mesmo de admiração. Se me chegaram alguns comentários interessantes sobre minha preleção, muitos outros foram desinteressantes, mas não importa: como disse na ocasião um de nossos ilustres confrades, deveríamos, a cada evento desse tipo, encomendar aos céus esses providenciais temporais, que nos unem tão amistosamente e tão festivamente.

Por um impulso de solidariedade, tão comum quando grupos humanos compartem situações de intempérie, fui levado, num gesto impensado de generosidade, a atender a um pedido da sra. M., uma de minhas menos esbeltas espectadoras. Ela me abordou com insistência maçante e efusividade intempestiva, e acabou conseguindo emprestado, como desejava, o texto integral da conferência, sob a promessa de restituí-lo depois do final de semana.

A sra. M. não cumpriu o prometido. Findo o prazo pactado, procurou-me, muito perturbada, para confessar a perda de minhas preciosas laudas — datilografadas, sem um erro, por d. Lídia, leal, indispensável e miúda funcionária do Real Gabinete Português.

D. Lídia e eu (principalmente ela, coitada, que tão culpada se sentiu por não haver usado papel carbono) lamentamos profundamente o que sempre considerei um desleixo imperdoável da sra. M. — que veio, aliás, com a história de uma criada irresponsável (possivelmente, uma crítica literária secreta e iracunda), a qual, tomando como lixo as laudas de minha lavra, delas se desfez junto com jornais velhos e outros papéis inúteis, recolhidos durante uma faxina. O sr. M., homem rico, sagaz no comércio mas inexperiente nas idiossincrasias da vida literária, ficou embaraçadíssimo com o episódio e cometeu um inocente desatino, ao propor-me uma indenização pecuniária para compensar a perda. Ele estava muito nervoso, e creio que me julgava capaz de alguma reclamação judicial contra sua esposa (cheguei a suspeitar de que tivesse sido ele, e não a criada, o autor inadvertido do feito). Era, no fundo, um homem bondoso, motivo pelo qual fui bondoso ao repeli-lo sem estrilos, no limite da indignação monossilábica e bem medida (nunca é prudente estrilar contra a burguesia).

Minha conferência, da qual não me restou nem o rascunho, versava sobre viagens e viajantes, tais como descritos e tratados por uma plêiade de poetas e prosadores. A conferência era em si uma viagem: eu seguia as pegadas de personagens literários que se punham a viajar, pelos mares ou apenas pelas províncias em que viviam, nas páginas de célebres autores universais. No meu percurso, embarquei em Tessália com Jasão e os demais Argonautas; juntei-me a Ulisses desde sua partida de Tróia até o retorno a Ítaca; segui com Enéias no trajeto que culminou no Lácio. E explorei atalhos e paragens diversos, chegando a encruzilhadas onde pude divisar Chrétien de Troyes, Dante, Camões, Cervantes, Defoe, Swift, Stevenson, Verne e outros que fui encontrando no caminho.

Mencionei o professor Otacílio da Silveira e temo não ter explicado, ainda, o motivo de seu comparecimento nestas linhas; mas, antes, preciso dizer duas palavras sobre um trecho de minha palestra. Refiro-me a um breve comentário sobre o momento em que um personagem de Thomas Mann decide viajar: Gustave Aschenbach. Ele caminha pela rua e se depara casualmente com a visão de uma capela mortuária e de um indivíduo "obviamente não bávaro". A partir dessa combinação binária de impressões visuais fugazes, o personagem de Mann introjeta em sua cabeça a idéia de viajar a Veneza, onde irá morrer. Utilizei essa passagem — que assim reproduzida parecerá algo irrelevante — apenas para exemplificar que a casualidade e a fugacidade provocam, muitas vezes, graves inquietações do espírito e, conseqüentemente, memoráveis viagens e epopéias.

Como pude verificar mais tarde, essa pequena nota, largada desse modo no meio da conferência, provocou, no espírito do professor Otacílio, peculiar inquietação. No final da sessão, depois de me ver desvencilhado da sra. M., acercou-se ele de mim, segurou-me no braço e, apoderando-se do meu ouvido, sussurrou em segredo: "Machado não poderia ficar de fora da sua conferência". Disse isto entre dentes, de maneira amistosa mas com uma ponta de ansiedade, como quem conspira em situação de perigo iminente.

O professor Otacílio era um homem pequeno, de olhos miúdos e anacronicamente azuis. O bigode era bem aparado e as orelhas, salientes no rosto magro. A aba de seu chapéu tocava-me o rosto, o que contribuiu para que se adensasse a íntima e automática cumplicidade que se estabeleceu entre nós dois. Suas palavras não me pareciam vazias nem me soaram como mera introdução a uma conversa inútil, das que eu vinha tendo naquela noite.

Respondi — em voz baixa, correspondendo à confidencialidade por ele proposta — que não havia remédio senão deixar de fora um autor que de viagens — ou descrições de viagens — não tivera qualquer experiência. Ao que objetou o professor Otacílio com estas palavras, que sabia de cor: "*Toda essa gente viajou: Xavier de Maistre à roda do quarto, Garrett na terra dele, Sterne na terra dos outros. De Brás Cubas se pode talvez dizer que viajou à roda da vida*". Era uma citação do próprio Machado, extraída do prólogo da terceira edição de *Memórias póstumas de Brás Cubas*.

E eis que veio a notícia de que o temporal cessara por completo. As pessoas avançaram em direção à saída e, nesse movimento coletivo, eu me vi na rua junto com o professor Otacílio, verificando, com surpresa, que estávamos de braços dados — e não por iniciativa dele; minha. Sorri para ele, apontei para o céu e disse: "*Small showers last long, but sudden storms are short*". Ele retribuiu com a contração de seus lábios finos e dos olhos miúdos e logo se desvencilhou de meu braço — o que me deixou levemente humilhado. Estendeu-me a mão.

— Muito prazer. Otacílio da Silveira.

— Muito prazer, sr. Otacílio.

— Eu é que tive grande prazer em escutá-lo e trocar algumas palavras com o senhor. Espero revê-lo em outras ocasiões. Boa noite.

— Boa noite, muito obrigado.

Suspirei, distribuí alguns boas-noites para quem estivesse à vista e fui andando na direção do largo de São Francisco. O sr. Otacílio ia na frente. Apertei o passo e em pouco tempo o alcancei.

— Bem, se não se incomoda, sr. Otacílio, vou acompanhá-lo. Quero tomar um carro de praça no largo de São Francisco.

— Excelente. Vamos juntos. Também quero tomar um carro de praça. Talvez possamos compartilhá-lo, que lhe parece? dependendo do trajeto que o senhor seguir. Onde mora?

— No Cosme Velho.

— Ah, que pena. Eu vou para a Tijuca. Mas, de qualquer maneira, será um prazer acompanhá-lo ao largo de São Francisco, onde nos separaremos.

E assim fomos. Aprendi, no caminho, que o sr. Otacílio tinha sido aposentado como professor de grego, iniciara uma carreira literária logo interrompida por circunstâncias pessoais muito adversas e conhecera pessoalmente Machado de Assis. Quando chegamos ao largo, afirmou que tinha sido ali, naquele mesmo lugar — e apontou exatamente o ponto de táxi para o qual nos dirigíamos — que estivera com o mestre pela última vez.

— Eu era um pouco tímido — disse o professor Otacílio — e apesar de conhecê-lo bem e saber que ele tinha afeição por mim, não ousei aproximar-me. Ele estava ali, olhando com enorme curiosidade para um inglês louro e desorientado que saía de uma firma de importação e exportação. O inglês estava ali para aqueles lados, e procurava aproximar-se de passantes bem vestidos, potencialmente aptos, pela aparência, a compreender sua língua. Eu acompanhava também, em íntima solidariedade com o velho mestre, os movimentos do inglês; adivinhava que ele pretendia ter informações sobre como chegar a algum lugar (hotel, restaurante, legação britânica...).

— Mas voltemos a Machado de Assis — continuou o professor. — Ele estava bem ali. À visão desse inglês, estancou o passo, passou a bengala da mão direita para a esquerda e fez menção de ajeitar o pincenê, mas esse gesto foi interrompido pela passagem de duas damas que o cumprimentaram, circunstância que o obrigou a rapidamente recolher a mão ocupada com os óculos e despachá-la para uma subida vacilante ao andar superior, do nariz à testa, em busca da aba do seu chapéu, na intenção apenas parcialmente cumprida de descobrir-se em retribuição à saudação das senhoras, que aliás não conhecia.

Esse pequeno intróito do relato revelou-me um homem vivaz e brilhante. Era um outro professor Otacílio. Sua dramatização era expressiva e convincente, e suas descrições, embora um tanto empoladas (como a da mão atrapalhada, hesitando entre ajeitar o pincenê ou tirar o chapéu), eram adornadas por uma encantadora riqueza de gestos. Eu estava diante de um cavalheiro que faria boa figura como conferencista. Cheguei a pensar em encorajá-lo a expor suas memórias literárias no circuito de palestras da cidade, mas ele não me deixou interrompê-lo.

— A confusa sucessão de gestos embaralhados — prosseguiu — comprometeu a arrumação do pincenê, a custo mantido em seu poleiro. Por conta desses cuidados urgentes, Machado distraiu-se do seu inglês, já agora misturado à turba e inatingível ao alcance dos seus olhos. Ainda parado, divisou finalmente, pela brecha de onde saíra o estrangeiro, na entrada da firma de importação e exportação, umas estampas do Lloyd representando barcos a vapor. Interessaram ao Machado de Assis, imagine o senhor, estampas do Lloyd representando barcos a vapor. Mas olhe, eu ainda o vejo, para aqueles lados, cuidando mais uma vez do pincenê, retirando-o do nariz para limpá-lo com um lenço. E agora ele está andando para ali, aproximando-se das tais estampas. Contemplou-as por bons dois minutos, findos os quais retirou-se em busca de outro pouso, ainda incerto porém passível, pela inércia dos passos vagarosos pontuados por saudações à direita e à esquerda, de ser a livraria Garnier. Dito e feito — vangloriou-se o professor Otacílio. — Ei-lo na rua do Ouvidor, aventurando-se numa caminhada.

Nós estávamos parados no meio do largo, e desse ponto o professor Otacílio começou a caminhar na direção da rua do Ouvidor, para alcançar uma perspectiva melhor da trajetória que Machado cumprira naquele dia. Foi andando, sem nem sequer verificar se eu o estava seguindo ou não. E continuava a falar, de costas para mim.

— A rua estava, como sempre, muito movimentada, razão pela qual o velho mestre vinha andando muito pegado à parte interna da calçada, para evitar esbarrões mas também um excesso de saudações de admiradores desconhecidos. Ele parecia absorto, na certa com o pensamento ocupado com o destino do inglês desorientado e com as estampas do Lloyd. Esses dois elementos, como fagulhas, terão ativado devaneios tão tumultuados em sua mente que o obrigaram a sair à procura de uma mesa em algum café, onde pudesse arrumá-los.

O professor Otacílio interrompeu os passos e seus olhos, que andavam pairando sobre a paisagem à volta, finalmente pousaram em mim. Pôs uma mão no meu ombro, fitando-me os olhos com fulgor insuspeitado, para confidenciar gravemente:

— Apesar de sobreviver ao Machado em quatro décadas, não consigo deixar de me aprofundar, com pouca ciência e muita intuição, no exame do mecanismo detonador dos confusos desejos que empurraram meu velho amigo à mesa de um café, em busca de recolhimento para ordená-los. Não sei bem por que isso me tem ocupado tanto, mas o fato é que tudo que se refira ao mestre tem sido objeto de minha atenção diletante de psicólogo amador, por mais recônditos e singelos que tenham sido seus pensamentos e emoções.

Fez uma pausa, voltou-se, e continuou a andar (já estávamos alcançando a rua do Ouvidor), desta vez aos ziguezagues, para se esquivar das poças d'água. E prosseguiu:

— Interessei-me bastante pela observação que o senhor fez em sua conferência a respeito da "combinação binária de impressões visuais fugazes", fórmula que tão bem sintetiza os fatores que excitaram o espírito de Gustave Aschenbach. Pois bem. O mesmo aconteceu com Machado, quando se viu sutilmente arrebatado pela conjunção de visões tão fortuitas (um inglês, uma estampa do Lloyd...).

Eu ainda não conseguia compreender a razão de tanto interesse por esse paralelismo tão fútil entre o personagem de Mann e Machado de Assis. Que importa que ambos tivessem tido essas inofensivas perturbações mentais? Não ousei fazer essa pergunta, e foi melhor assim, porque o professor Otacílio agora estava exaltado, andando a passos largos pela própria rua do Ouvidor, já esquecido de que seu propósito inicial, de simplesmente tomar um táxi, tinha ficado para trás, assim como o largo de São Francisco.

— Pois vou-lhe fazer uma revelação, meu caro senhor. Se não fosse a visão do inglês e da estampa, o velho mestre não estaria, naquela tarde, recolhido num café, diante de uma xícara de chá... a traçar grandes planos de viagem!

As sílabas destas últimas palavras foram escandidas com ribombante ênfase. O professor Otacílio interpretou meu silêncio como uma manifestação de assombro, e exclamou:

— Sim senhor! Ninguém soube que viajar tinha sido um castelo no ar do velho mestre, pois não? Sim senhor! Um castelo no ar que o assolara em horas desassossegadas da juventude. O senhor suspeitava disso?

— Não.

— Pois é a pura verdade! — devolveu o professor Otacílio, triunfante. — Muito embora, devo admitir, com o passar dos anos a idéia foi-se tornando cada vez mais ausente na secreta paisagem das quimeras machadianas, a ponto de o mestre julgá-la despropositada, se não ridícula.

— Ah.

— A Europa. O senhor reparou como a Europa, ou a representação que o mestre fazia da Europa, era um antro de libertinagens em seus escritos de juventude? Ele não confessava nem aos melhores amigos, mas sentia um enorme gozo, uma enorme inveja dos seus próprios heróis, quando os despachava para a Europa. Mas ao mesmo tempo os castigava brutalmente. Castigou o Heitor, nos versos de "Pálida Elvira", e o Camilo Seabra, do conto "A parasita azul", por suas farras européias. Mas só ele sabia como teria apreciado estar, pelo menos uma vez, na pele de Heitor ou de Camilo, em Paris. Só ele sabia como esse desejo quase irreprimível o acompanhara durante a maior parte de sua vida. Ninguém, nem a própria Carolina, supusera como Machado conseguiu esconjurar esse demônio europeu e libertino, mediante o encarceramento do Bentinho, durante exatos cem capítulos do *Dom Casmurro*, numa mesma casa da rua de Matacavalos, até casá-lo com Capitu, liberando-o, a partir daí, para o desvario dos ciúmes.

Falava torrencialmente, como se possuído por uma força do além, e eu já me sentia aliviado por não ter tido a oportunidade de incentivá-lo a tornar-se um conferencista. Sua voz altissonante ressoava pela deserta rua do Ouvidor, pela qual eu procurava acompanhar sua passada larga. De repente, estancou os passos.

— Ali!

Na direção do seu dedo indicador, virei o olhar, sobressaltado.

— Ali! O lugar onde o grande mestre tomava sua xícara de chá!

Era uma chapelaria, mas logo supus, sem necessidade de maiores explicações, que nos idos de 1907 fora o tal café onde Machado de Assis se recolhera para ordenar suas idéias.

— Ali — insistiu o professor, — ali, à mesa de um café que não existe mais, e cuidando para não ser notado, Machado curtia a tensão íntima entre *fazer* a Europa e o medo de, uma vez lá, ser tido como uma espécie de José Dias, cuja vista se turvava na fascinação superlativa pelo Velho Mundo.

O professor Otacílio, que fizera uma pausa para contemplar a chapelaria (sua vista se turvava como se estivesse diante da Acrópole), voltou-se para mim e, em voz mais baixa, confidenciou:

— Por conta dessa tensão, Machado nunca poria os pés num paquete, apesar de muitas vezes ter enfrentado as súplicas de Carolina, que tanto queria passar com ele uma temporada no Porto, para visitar o que restava de seus parentes. "Já é demais Petrópolis", dizia ele a Carolina.

Baixando a vista, pesaroso:

— E foi apenas pelo medo de fazer uma viagem a uma região ainda mais remota que a Europa — a morte — que o mestre convenceu-se a partir para uma temporada de convalescença em Friburgo.

— Entendo.

— Mas ali, naquele café, como que afetado por um sortilégio (um vago inglês; meras estampas), e já sem Carolina, sentindo-se fraco e enfermo, na convicção de ver encerrada a carreira literária, indo a enterrar os amigos, um após outro; predisposto a se preparar, ele próprio, ao descanso eterno, o querido mestre não conseguia fazer outra coisa (*aqui, os olhos do professor Otacílio voltaram a brilhar*) senão embarcar mentalmente rumo à Europa.

— Como o senhor...

— Vivia um misto de terror e euforia, à mesa daquele café, sobre cujo tampo mapeava seu destino. Ah, esqueci-me de dizer que eu a tudo observava, da rua, pela vidraça do café. Mapeava seu destino, dizia eu. Quando seus olhos fitavam a superfície do chá fumegante, os pensamentos eram mórbidos, ele se imaginando em plena viagem, morrendo, e uma vez morto, servindo seu cadáver a uma cerimônia rápida presidida pelo capitão do navio, ao cabo da qual seu esquife simples era lançado aos peixes num dia nublado, ao sabor da observação de algum moço que, como Brás Cubas, anotaria (*com voz grave, o professor Otacílio inicia uma citação*): "A vaga abriu o ventre, acolheu o despojo, fechou-se, — uma leve ruga — e a galera foi andando. Eu deixei-me estar alguns minutos, à popa, com os olhos naquele ponto incerto do mar em que ficou um de nós." E só. Aliás, não é...

— Perdoe-me, professor, mas...

— ...não é curioso esse mar-coveiro de Machado, que abre uma "leve ruga" para admitir cadáveres? Age como se fosse um porteiro de teatro, anônimo e cansado, que com descaso e tédio recolhe bilhetes de entrada dos espectadores...

— É uma observação interessante, professor — deveras, achei interessante; a conversa começou a animarme. — É estranha essa "leve ruga". O mar não abre uma "leve ruga" quando recebe um volume pesado; espirra água para todos os lados, com estrondo...

— Precisamente. O mar de Machado tem uma água alegoricamente densa, inatural...

— Mas continue, por favor, o senhor estava dizendo que via o Machado com os olhos fixos no chá.

— Olhava fixamente — disse o professor, grandiloqüente — para o líquido do chá, e parecia aterrorizado. Mas se esse terror o oprimia, bastava deslocar os olhos e concentrá-los no açucareiro de estanho para retornar ao estado normal. De repente, sua expressão assumiu um ar de regozijo quase insensato. Segurou fortemente o cabo da bengala com ambas as mãos, apoiando nelas o queixo, apertando os olhos numa intenção de sorriso que no entanto não chegava a contagiar-lhe os lábios... e creio que então o mestre já se via em Paris (*e os braços do professor se abriram largamente, como se neles quisesse conter a cidade de Paris*). Já se via em Paris, são e salvo, bem de saúde e de espírito, respirando o ar puro e generoso da primavera no Jardin de Luxembourg, o *Figaro* na mão. Via-se em Paris, em busca de um banco para sentar-se, de onde melhor pudesse apreciar as modas.

— Mas que imaginação prodigiosa, professor. Machado teria orgulho do senhor...

— Não é imaginação, creia. Tenho levado quarenta anos, quarenta anos! ponderando, analisando, avaliando, reavaliando esses momentos em que observei o comportamento e as expressões do mestre. Acredito ter chegado à adivinhação completa do pensamento secreto que ele ruminava naqueles momentos. É a isso que me tenho dedicado esta vida inteira, e penso já ter chegado a uma conclusão definitiva...

Interrompeu-se. Não sei por que, sentiu-se ofendido, talvez por detectar minha incredulidade. Terei feito alguma expressão denotativa que o terá melindrado.

— Bem, está ficando tarde — ele disse — e é melhor retornar, temos que tomar um carro de praça.

E começou a caminhar de volta ao largo de São Francisco. Segurei-lhe o braço: — Por favor, professor, preciso ouvir o resto da história, e gostaria muito que o senhor prosseguisse... por favor...

Seus lábios sorriram, pela primeira vez com franqueza larga e algo infantil.

— Sabe? — ele disse. — As descobertas que fiz dos pensamentos secretos do mestre têm para mim o valor da descoberta de algum livro inédito seu.

Vi, nos seus olhos azuis, o transe da glória. Agarrei com as duas mãos os seus braços, para suplicar afoitamente:

— Vamos, professor Otacílio! Estamos em Paris!

— Estamos em Paris. Machado agora imagina, diante do chá e do açucareiro de estanho, que se levanta do banco em que esteve sentado. Retornará ao hotel, onde almoçará e fará uma pequena sesta, finda a qual vestirá, com o auxílio prestimoso e sóbrio de um camareiro, a sobrecasaca mandada fazer a um *tailleur* local. A seguir, entrará num *coupé* à porta do hotel, de onde partirá para viver o momento culminante da viagem, e provavelmente de sua carreira literária: a sessão solene em sua homenagem, na Sorbonne...

— Na Sorbonne?

— ...presidida por Anatole France.

— Anatole France?!

— Incrédulo, juntei meu rosto à vidraça do café, chegando a embaçá-la com minha respiração, para não deixar escapar nenhum movimento, nenhuma expressão do rosto do mestre. Tudo está aqui (*deu um toquezinho na testa, com o dedo*), armazenado na memória. Os lábios de Machado moviam-se imperceptivelmente, ruminando, inaudíveis até para quem estivesse dentro do café, umas palavras confusas. Agora Machado não se regozijava. Seu olhar parecia pasmo, sua atitude, vetusta. Ele dizia precisamente estas palavras: "— *Je tiens à vous remercier*", é Machado que está falando, ouça (*o professor Otacílio ergueu uma mão em concha para o céu, como se estivesse captando algum som*):

"— Je tiens à vous remercier de votre accueil dans ce temple majeur de la culture française, qui atteint, lorsque vous recevez ce représentant de la littérature de l'Amérique, une dimension vraiment universelle. Encore une fois, l'esprit français ouvre ses yeux vers le Nouveau Monde... l'esprit français rend honneur à la voix du Nouveau Monde... l'esprit français... Como se dizia no antigo Alcazar: vous avez d'esprit? Nous aussi."

O professor deu uma risadinha, explicou:

— Era um chiste da mocidade literária, na época de juventude do mestre.

E Machado continuou, sempre na voz do meu companheiro:

"— Mais l'esprit français n'ouvrira ni ses yeux ni ses oreilles... et Anatole France, ce vieux sourd, dira des tas de choses à mon égard qui n'auront rien à voir avec moi... E eu direi: J'ai traversé l'océan Atlantique comme si je me promenais par la rue do Ouvidor... e a sessão se encerrará por falta do que dizer, et les deux esprits, le brésilien et le français, seront en face l'un de l'autre, muets, épuisés et vaincus, à la fin d'une bataille qui n'aura jamais commencé. Hélas! diremos todos em coro, como se brindássemos funebremente à nossa derrota... Hélas!"

— O senhor pratica leitura labial?

O professor Otacílio nem sequer ouviu minha pergunta, que lhe soaria como uma interferência profana naquela onda de sons que parecia estar captando do espaço. O timbre de sua voz havia mudado por completo enquanto ele reconstituía aquela fala secreta de Machado de Assis: era mais cava, mais débil, mais áspera. Voltou-se para a chapelaria e deu uns cinco passos em sua direção. Fui atrás, apreensivo.

— Foi já na porta do café, onde decidi entrar, que o mestre notou minha presença. Sentiu-se vexado num primeiro instante, ao imaginar o que eu, jovem escritor que o tinha como modelo altíssimo, não pensaria ao vê-lo delirando como um pobre louco. Fingi ainda não percebê-lo. Dirigi-me ao balcão, entreti-me com a exposição de uns chouriços. Senti sobre minhas costas que Machado se alongava a fitar-me. Não havia mais vexame nos seus pressentimentos, mas desejo vivo de ser visto por mim, e é por isso que sorria agora quase francamente, como se antecipasse o gozo do encontro de olhares.

Mais alguns passos e estávamos, agora, junto à chapelaria. O professor Otacílio olhava para dentro da vitrina e sua respiração embaçava o vidro. Eu também tinha os olhos no mesmo ponto, mas só via chapéus sem cabeças.

— Uma outra sorte de ruminações — retomou o professor Otacílio — brotava no pensamento de Machado. "É quase o meu Tristão", ele se dizia, ao figurar-me como modelo de uma de suas últimas personagens. É certo que, por recato, ele não confessaria jamais as semelhanças entre Tristão e a minha pessoa. Recato, digo, e acrescento: um pouco de pudor também, pois essa confissão seria o mesmo que admitir que tinha, por mim, a mesma afeição paternal que o Aguiar do *Memorial de Aires* sentia pelo Tristão. E o velho não gostava de franquear, por dá cá aquela palha, suas afeições secretas.

Cheirava a lorota esse grau de afeição que Machado de Assis teria dedicado ao jovem Otacílio. Alguma coisa me deixava irritado, mas não ousei interromper o professor. Ele tratava agora de um aspecto autobiográfico que não me interessava, por demasiado freudiano: o fato de ter acabado de perder o pai na época em que conhecera Machado, motivo pelo qual transferira para ele seu amor filial. Seu estilo também começava a pesar ("Naquele ano de 1907, eu hauria Machado de suas fontes mais genuínas: não só os seus escritos, mas também a sua pessoa; e não são menos genuínas, hoje, as fontes de que bebo: seus escritos, ainda, mas, em lugar de sua pessoa, as minhas saudades."). E aquele nariz encostado na vitrina de uma chapelaria, a tentativa de ver alguma coisa que não fossem apenas chapéus... Pareceu-me insuportável tudo aquilo, motivo pelo qual resolvi ficar de costas para aquela vidraça, olhando as poças d'água da rua do Ouvidor, e verificando como são belos os noturnos e fantasmais reflexos das poças d'água da rua do Ouvidor. E aquela fragrância, aquele hálito de pedra recém-banhada pela chuva...

Finalmente, um testemunho baseado em fato concreto: os olhares de Machado e do jovem Otacílio se encontram. Ainda podia ser mentira, mas ao menos não era produto de adivinhações malucas acerca de pensamentos secretos, ocultos castelos no ar e presumíveis afeições paternais. Finalmente, Machado de Assis aparece no relato, com sua própria voz.

Encontram-se os olhares. Otacílio exclama: "Mestre, que alegria! E que surpresa! Por favor, não se levante". Machado: "A alegria é minha, meu filho".

Prossegue o professor Otacílio:

— "Meu filho"... Esta última palavra o comoveu, eu o senti pela maneira como completou a saudação: "...e que surpresa tão boa vê-lo aqui..." Ele me indagou o que me trouxera à cidade, respondi-lhe que viera comprar víveres e voltaria logo para a casa dos meus padrinhos, na Tijuca, onde me hospedava naqueles tempos de Rio de Janeiro. Perguntei: "E o senhor, mestre, o que faz neste café?"

"Ruminações", ele disse.

"...que o senhor faz com maestria", atalhei depois de curta hesitação. "Ainda me lembra uma crônica sua sobre ruminações. O senhor dizia que era mais verdadeiro ao ruminar do que ao falar."

"Sim, isso é verdade", ele disse, "continua a ser verdade."

"E pode-se saber o que o senhor vinha ruminando?", perguntei, procurando um tom divertido.

"Viagens. Ruminava viagens, ruminava mares. Pode imaginar? Um velho como eu, entrando num paquete..." E continuou: "Mas mudemos de assunto e de rumo, que os rumos do mar não chegam a lugar algum. Sabe que acabei de escrever um novo livro? Dei-o ontem ao editor."

— E enquanto descrevia, por alto e pausadamente, por insistência minha, o *Memorial de Aires*, foram tantas e tão reiteradas as alusões às viagens (Aires, o diplomata, chegando ao Brasil, Fidélia chegando da Europa com o marido morto, Fidélia partindo para a fazenda, Tristão partindo, menino, para Portugal, o advogado Osório partindo para Pernambuco e depois voltando, Tristão chegando de Portugal, Tristão e Fidélia partindo juntos para Portugal), que interrompi o mestre para observar que o assunto das ruminações solitárias no café eram o assunto do livro: viagens. E disse: "A pretexto de mudar de assunto, o senhor não mudou de assunto: ainda fala de viagens".

"Não falo de viagens", protestou o mestre. "Falo do livro. É que sou mau contador das histórias dos meus livros. Exagero sempre algum aspecto. Entro por uma via e vou por ela, magnificando-lhe a importância. O livro tem viagens, mas viagens não são seu tema. O tema é outro, que você vai apreender se fizer a cortesia da sua leitura. Aliás, faço questão de que seja você o primeiro a ler. Tomará, nisto (*e aqui, a voz do professor ficou embargada*), o lugar de Carolina."

O professor Otacílio afirma ter segurado a mão do velho, sem dizer palavra, procurando confortá-lo. O velho se teria sentido vexado com a manifestação de sua tristeza de viúvo; e teria buscado um novo assunto para continuar a conversação. Não conseguindo encontrá-lo, voltou ao mesmo de antes: viagens.

"Viajamos todos", disse o mestre, "mesmo quando não saímos do lugar. Sempre viajamos, você e eu, à roda do espírito, à roda das letras. Mesmo morto, Brás Cubas viajou, à roda da vida. E minha inquietação, enquanto estou vivo, é esta: sempre precisei escrever para viajar. Numa crônica, começo assim: 'Escrevo com o pé no estribo'. Ocorre que este *Memorial de Aires* é meu último livro. É o último, acabou, encerrei, não viajo mais. Mas preciso... Deve ser por isso que rumino outras viagens. Ruminava a Europa, sabe? Sei que é ridículo, mas... É que não quero ruminar minha derradeira viagem... ao *undiscovered country* de Hamlet..."

— Interrompi: "Ora, mestre! deixe-se de idéias tristes. Muitos outros livros e viagens o esperam. *Esaú e Jacó* não seria o último? E agora aí está: *Memorial de Aires*".

Machado lamentou não ter olhos nem mãos firmes para continuar a escrever, e eu então me ofereci para tomar-lhe ditados, mesmo sabendo o quanto me era impossível cumprir essa tarefa por muito tempo: eu estava na expectativa de retornar a qualquer momento para o Sergipe.

— O senhor então é sergipano.

— Sim. Mas ouça. Machado não levantou os olhos ao ouvir minha oferta. Passou a reclamar de mim maior aplicação nas tarefas literárias que me ocupavam naqueles dias. Disse que não lhe faltariam secretários ou secretárias que pudessem tomar seus ditados ("As moças Pinto da Costa, por que não? tão gentis e prestativas..."), mas é que não queria, não queria mais escrever, preferia dedicar os últimos dias à Academia ("É preciso consolidá-la de vez..."), e além disso havia o emprego na Secretaria ("Penso pedir licença, mas não quero deixar a impressão de que o faço por restrições ao ministro..."). Agradeceu minha oferta e perguntou sobre o andamento da tradução do *Prometeu*, que eu vinha iniciando naqueles dias. Como eu insistisse mais uma vez em tomar-lhe ditados, Machado impôs uma condição:

"Muito bem. Mas você me arrancará primeiro esse Prometeu do rochedo. Seja o Hércules que o libertará, faça-o viajar, entendeu bem? livre e sem correntes, e depois dessa façanha venha conversar comigo sobre tomar ditados. Só aceito assim: cuide da tradução e depois cuide de mim, que o Prometeu precisa de um Hércules para o salvar, e eu me basto com umas mocinhas prestimosas."

— Quer dizer que o senhor foi tradutor de Ésquilo? E ainda tão jovem?

O profesor Otacílio não me respondeu. Não admitia interrupções de qualquer natureza; não estava disposto a mudar de assunto, e mesmo que assim quisesse, não seria capaz: todos os seus sentidos, todos os escaninhos de sua memória estavam tomados pelo "mestre", não havia espaço para mais nada, nem para ele.

Se eu me dispusera a ouvi-lo até aquela parte, agora teria que agüentá-lo estoicamente até o fim. Creio que ele nunca tivera, ao longo daqueles quarenta anos, qualquer oportunidade de contar o que vinha contando, por falta de ouvintes ou porque nunca lhe ocorrera fazê-lo para outra pessoa — tendo sido eu, nesse caso, uma espécie de eleito que vinha sendo aguardado para ouvir suas Revelações.

Mas eis que Machado de Assis e seu jovem amigo abandonam o café onde estavam conversando; Otacílio, com um embrulho de compras que tinha feito anteriormente, o "mestre" com uma súbita dor no pé. Saíram os dois, lentamente, pela rua do Ouvidor, o "mestre" claudicando. Estavam unidos pelos braços, e essa proximidade física deu ensejo a assuntos mundanos — casos da Academia, jocosidades da política; até de crimes passionais falaram. Otacílio lembra ter contado uma anedota que se passara com ele durante um enterro e esperava uma risada de Machado, mas não obteve mais que um sorriso condescendente. Percebeu que ele ruminava de novo; e ruminava o dia anterior, dia da entrega do *Memorial* à Garnier.

— Fora um dia tristíssimo — dizia-me o professor Otacílio, comovido — como tristes foram todos os dias em que os demais manuscritos do mestre passaram das suas para as mãos dos editores, emigrando de sua escrivaninha para o prelo, deste saindo para escalar estantes alheias. Eram sempre tristes essas partidas ("Os manuscritos separam-se do escritor", disse Machado naquela tarde, "como uma costela que se apartasse do seu corpo."), mas com o *Memorial* foi um suplício, pois nenhum outro livro seu jamais conteve tantas partidas. Machado se despedia de tudo: de Carolina, das letras, da vida.

Estávamos andando, o professor Otacílio e eu, de braços dados, em silêncio, seguindo pedra por pedra o trajeto cumprido naquela tarde de 1907 por ele e por Machado de Assis. Por um instante, tive a impressão de que meu companheiro coxeava. Coxeou sim, mas só dois ou três passos. Dirigíamo-nos ao prédio onde naqueles tempos funcionara a livraria Garnier.

Disse o professor Otacílio, no momento em que chegamos ao prédio, que o então gerente do estabelecimento chamava-se Jacinto Silva — o que confirmei mais tarde ao ler uma crônica da época. O sr. Jacinto cuidava da escrituração da casa, numa mesa de trabalho que ficava nos fundos e fora tradicionalmente ocupada pelo finado Garnier.

— Estava bastante ocupado, o Jacinto — continuou o professor Otacílio — mas, pelo olfato, pressentiu a entrada do mestre (ele tinha um faro apuradíssimo para rastrear os ilustres). Levantou subitamente a cabeça na direção do portal, no exato instante em que por ele adentrávamos. Deitou a pena e pulou da cadeira. Saudamonos e Machado solicitou-lhe o favor de trazer os manuscritos que justificavam sua presença na casa. Com os rapapés de costume, o gerente desapareceu e eu me fiquei com o mestre, errando pelas estantes.

O que tinha sido a livraria Garnier era, naquele ano de 1947, um depósito de bebidas. Dessa vez, o professor Otacílio não ficou colado ao prédio para tentar decifrar, como fizera diante da chapelaria, signos crípticos de um passado que ainda pudesse dar-se à luz. Preferiu situar-se do outro lado da rua, de onde procurava uma perspectiva para poder visualizar o prédio inteiro. Sua fala agora era entremeada por longas pausas, estava melancólico. Mas ainda procurava — porque isso, nele, parecia ser um vício de longa data — esmerar-se no estilo de sua retórica.

— Jacinto voltaria já, e apressadamente, com o pacote encomendado, que depositou, não sem alguma reverência, nas mãos do mestre. (*O professor fez uma longa pausa.*) Ofereceu sua própria carteira de trabalho, ou, se o mestre assim o desejasse, o gabinete do segundo andar, para seu conforto e recolhimento. A carteira bastava, agradeceu o meu amigo, o que bastou para que o móvel fosse prontamente despojado, numa automática ação do Jacinto, de seus livros de contas e de sua correspondência comercial. Providenciou-se mais uma cadeira, mais confortável, para Machado, que ali ficou com a bengala entre as pernas. Sentei-me à carteira, sobre a qual desatei (*pausa muito longa do professor, seguida de voz embargada*), desatei, compenetrado (*outra pausa*), o barbante (*mais uma*) que amarrava o maço de folhas soltas.

O professor Otacílio guardou o lenço que usara para secar lágrimas. Suas mãos seguraram algo invisível. Um volume. Permaneceu com aquilo nas mãos por muito tempo, ocasião em que ficou sendo observado detidamente por um bêbado que por ali passava. Parado na nossa frente, e muito intrigado, o estranho imitou o gesto estático do professor Otacílio. Senti um constrangimento mortal, pensei em interferir para que tanto meu acompanhante como o bêbado parassem logo com aquilo. Mas o professor nem sequer fazia menção de notar a presença do intruso. Com os olhos fixos no espaço vazio entre suas mãos, ele começava a ler os dizeres do que deveria ser uma folha de rosto:

MEMORIAL DE AIRES

Machado de Assis

Eu estava muito preocupado com a proximidade do bêbado, motivo pelo qual não prestei qualquer atenção no que dizia o professor naqueles momentos. Quando finalmente o homem partiu, por não achar mais graça em nós dois, voltei a escutar o relato do meu incansável interlocutor:

— Machado dormitava quando cheguei, numa leitura consecutiva do manuscrito, à altura do dia 5 de fevereiro de 1888 do diário do Conselheiro Aires. A partir daí, passei a folhear abrangentemente os originais, percebendo, é claro, as vezes sem conta em que a mão do autor interviera para riscar o nome de Fidélia para apor-lhe a emenda: d. Carmo; e de outras tantas vezes em que sucedia o inverso: d. Carmo aparecendo riscada para ceder lugar a Fidélia. Eu olhava para o lado constantemente, a cada um desses incidentes de leitura que me intrigavam tanto. Quando finalmente despertou, Machado deparou-se com minha expressão indagadora. "Que lhe sucedeu?" perguntou. "Por que essa cara de espanto? É assim tão assombroso o que está lendo?"

"É o seu livro mais bonito", respondi, com sinceridade. "Mas deveria ser publicado assim, em forma manuscrita. A letra de imprensa vai descurar um pouco a sua beleza."

"Por quê?" ele quis saber, e eu disse:

"Porque o leitor precisa gozar, neste livro, não só a literatura mas também a intimidade do gesto que a lavrou." Fiquei satisfeito ao dizer isso, porque em resposta o mestre suspirou profundamente, com uma expressão que julguei ter sido de aprovação. Comprovou-me isso logo depois quando disse, com uma ternura nova:

"Talvez eu me achasse feliz se assim fosse. Tenho estado confuso com a intermediação implacável do prelo. Eu me separaria do meu livro com menos dor, se fosse assim como sugere. A partida dele seria menos sentida, por sabê-lo entregue a leitores que adivinhassem o pulso da minha caligrafia, como anjos a velar-me no ato da escrita. Queria, claro, queria que fosse assim, queria que meu livro se separasse de mim mantendo a forma com que foi gerado. Eu me acostumei por muitos anos a ser lido por Carolina no estágio manuscrito e confidencial dos meus livros. Ela mexia um pouco, brigava por uns pronomes. Agora que estou sem ela, sinto falta. Doía-me ver que ninguém lia os originais deste *Memorial*. Foi duro trazê-lo aqui e abandoná-lo assim, sem o agasalho de outros olhos que já os tivessem percorrido com algum amor."

— Dito isso, calou-se e eu emudeci.

Ouviu-se ao longe um apito comprido: o guarda noturno.

— Deixe-me folhear o manuscrito por uma última vez.

— Como? — escapou-me.

Estávamos um ao lado do outro, de frente para o prédio onde funcionara a livraria Garnier. O professor Otacílio estava fazendo o gesto de quem recolhe um volume e o entrega a outra pessoa. Essa outra pessoa não era eu, mas alguém invisível do outro lado. Ele próprio, professor Otacílio, recolheu o que tinha acabado de dar à pessoa invisível. E como se da pessoa invisível se tratasse, ajustou um pincenê virtual; e começou a folhear as páginas do inexistente manuscrito do *Memorial de Aires*. O professor Otacílio era agora Machado de Assis. A aproximação do guarda noturno se anunciava pelo estrépito ritmado das botas pisando poças d'água pelo caminho. A mímica do professor Otacílio foi testemunhada atentamente pelo homem de botas, quepe e cacete. O guarda noturno não nos incomodou, apenas ficou curioso, a julgar pelo olhar que nos dirigiu. Sussurrei-lhe um inaudível e envergonhado boa-noite.

Machado de Assis, bem ao meu lado, na forma do professor Otacílio, estava compulsando seu manuscrito. Deparou-se, casualmente, com um trecho que o interessou. Era o último parágrafo da parte do diário de Aires correspondente à data de 10 de abril de 1888 — que descreve o momento em que o tio e o pai de Fidélia decidem redigir uma carta de alforria em que se concedia liberdade coletiva aos escravos da fazenda da família. Machado de Assis, ainda ao meu lado, lê em voz alta:

"Retendo o papel, Santa-Pia disse:

— Estou certo que poucos deles deixarão a fazenda; a maior parte ficará comigo, ganhando o salário que lhes vou marcar, e alguns até sem nada."

Vejo Machado de Assis tomando a pena do Jacinto, ajeitando o pincenê, aproximando a cara do papel invisível, resmungando: *...e alguns até sem nada...* Nessa postura, com a cabeça baixa, molha a pena no tinteiro que lhe tinha sido arrastado pela mão do jovem Otacílio, e inscreve alguma coisa no papel.

Verifiquei no dia seguinte, no meu próprio exemplar do *Memorial de Aires*, que Machado tinha feito um acréscimo naquela frase: transformou o ponto em vírgula, abriu um travessão e escreveu: "pelo gosto de morrer onde nasceram." (Para maior clareza, aqui vai o período final daquele trecho: "...a maior parte ficará comigo, ganhando o salário que lhes vou marcar, e alguns até sem nada, — pelo gosto de morrer onde nasceram.")

É ainda Machado de Assis que fala:

— Passe esse barbante novamente, faça-me esse favor, meu filho.

Vejo o professor Otacílio obedecendo. E quando completava o laço que atava o virtual maço das folhas soltas, obedeceu novamente, dessa vez ao comando de acompanhar o "mestre", que já queria partir.

Fomos caminhando novamente, os dois — eu e o professor Otacílio; eu e Machado de Assis; o jovem Otacílio e Machado de Assis — na direção do largo do Machado. Em silêncio, de braços dados. O professor Otacílio claudicava visivelmente.

Chegamos ao ponto de táxi, e então percebo que o professor Otacílio voltara a ser o professor Otacílio. Desencarnara-se da *persona* de Machado de Assis, de que estivera possuído durante largos minutos. Disse-me:

— Chegamos, eu e o mestre, até este preciso local em que estamos agora. Ao invés de carros de praça, havia aqui *tilburies* de aluguel. Eu carregava um embrulho, Machado uma dor no pé.

"Deixe-me acompanhá-lo ao Cosme Velho", eu lhe disse.

"Não amole", respondeu o saudoso mestre. "Está tarde. Seus padrinhos estarão preocupados. Recomendações a eles. Adeus, meu filho. Muito obrigado."

O professor olhou para a esquerda e veio acompanhando com os olhos a aproximação de um veículo invisível. Apontou-o com o dedo para mim:

— O bonde que levaria Machado de Assis vinha chegando. Beijei-lhe a mão e subi no *tilbury*. Parti. Já estava dobrando o largo quando, olhando para trás, vi o mestre sem olhos, porque eles haviam embarcado no meu carro; é o que concluo da cegueira com que ele não viu passar o seu bonde. — O professor deu uma risadinha autocondescendente e suspirou: — Ai, requinte do estilo!

Ri também, estendendo-lhe a mão.

— Deixe-me acompanhá-lo ao Cosme Velho — disse o professor.

— Não, por favor! Que extravagância! — repreendi. — Vá primeiro. Tome esse automóvel. Seguirei logo depois.

Despedimo-nos com muita simpatia. O professor Otacílio parecia extenuado. Entrou no carro, deu um adeusinho pela janela fechada e seus lábios se moveram numa fala inaudível — cujo inteiro teor, não obstante, adivinhei facilmente. Ele, sem dúvida, dizia:

— À beira da calçada estava o conferencista sem olhos, porque eles haviam embarcado no meu carro; é o que concluo da cegueira com que ele não viu passar o seu bonde... Ai, requinte do estilo!

O carro partiu, acenei pela última vez. Tirei o relógio da algibeira: meia-noite.

Quando fui entrar no táxi, verifiquei que não havia nenhum — o professor Otacílio embarcara no último disponível, e já viajava confortavelmente rumo à Tijuca. Um cão se refugiava debaixo de uma marquise: sabia que o formidável temporal não tardaria (tinha razão: um raio enorme riscou o céu noturno, seguindo-se um trovão assustador).

O MISTÉRIO DE DEUS

Os construtores de Deus estão entre os vivos. Têm um sexto sentido: em qualquer esquina, o Esquivo Ser poderá ser surpreendido inadvertidamente, em flagrante de onipresença e delito de visibilidade. Há um radar, na mente de cada um deles, que detecta a realidade divina. De repente, sempre alerta, pronto para agir, o dispositivo apita e logo emite no cérebro um sussurro alvoroçado:

"Ali, atrás daquele jornaleiro, um pouco mais à direita, aquele sujeito de camisa branca, barba, cabelos compridos, aquele cabeleira ali querendo atravessar a rua: JESUS!"

O pregador da praça demonstra ser homem sensato e atento à propensão do povo de flagrar Deus em cada coisa. Convoca pessoas dispersas à sua volta, unanimemente desconhecidas e anônimas, para informá-las de que pretende dar início a uma pregação. Diz que deseja contar com a atenção de todos.

Faz-se um círculo à roda dele. Cada um focaliza o personagem central a partir de um ângulo individual diferente. Os oitenta pares de olhos daquela coletividade escrutinam criteriosamente, por todos os lados, cada milímetro do corpo e da roupa do indivíduo central — o que não seria possível estivesse ele num palco diante de uma platéia. O pregador, tornado objeto totêmico pela ação operária de cento e sessenta olhos pios e práticos, crédulos e criadores, clementes e agentes, fala. Vamos ouvi-lo:

"Deus, meus irmãos, está em vós! Todos podeis ostentar, ao redor de vossos corpos, a aura que vos distingue numa multidão, mesmo atrás de um jornaleiro, mesmo ocupados em atravessar prudentemente a rua. Essa aura que podeis ostentar é uma aura provisória, uma aura temporária; não é permanente como a de Jesus. Podeis adquiri-la com a caridade que acabais de fazer ao próximo. Podeis a ela ter direito, mediante — mediante, meus irmãos! — mediante a prática de uma ação piedosa!

"Eu vejo à roda de mim muitas almas puras. Vejo homens e mulheres de bem, honestos, trabalhadores, sacrificando-se para levar ao lar o possível pão. Mas eu não vejo, meus irmãos, e contudo sinto-lhe a presença, nesta roda de irmãos — eu não sei onde ele está, giro meu corpo desta maneira, desorientado, procurando-o em vão, onde ele está, onde ele está... — sinto sua presença nesta mesmíssima roda de fiéis: O DIABO!"

Nenhum burburinho ainda: silêncio.

"Ele está entre nós, o Demo está entre nós, a Besta, meus irmãos, está entre nós! Vamos expulsá-lo! Repitam comigo! Vade retro satanás! (*vade retro satanás*) para trás satanás! (*para trás satanás*). Mais forte! Vade retro satanás! (.... ....) não estou ouvindo, o Diabo me deixa surdo! mais forte! vade retro satanás! (*vade retro satanás*) mais forte! Vade retro satanás! (*vade retro satanás*) para trás satanás! (*para trás satanás*). Aquele que de nós se afastar, aquele que abandonar agora nossa roda da fé, nossa corrente do bem, aquele que de nós se afastar —

VADE RETRO SATANÁS! — se afasta porque não agüenta a pressão, não agüenta o peso da palavra que todos entoamos agora — VADE RETRO SATANÁS!! Expulsemo-lo, meus irmãos! Fiscalizem todas as saídas! Identifiquem o Cão! Tragam-no aqui para o centro para que eu possa exorcizá-lo! Ali! Está saindo alguém! Ali! Aquele de camisa de malha! Segurem-no!"

O homem de camisa de malha grita: "Não! Deixem-me! Deixem-me partir!" Mulheres e homens que estão ao seu lado levam enorme susto. O de camisa de malha se contorce como se estivesse ameaçado de pancadas. Ninguém se aproxima, diabo não é coisa que se encare assim de saída. Sua atitude defensiva, contudo, encoraja a aproximação de um valente fiel, que o agarra por trás. Domina-o aparentemente, dando ânimo à iniciativa de outros que estão por perto. O Cão é carregado à presença do pregador, que o espera de crucifixo em punho, brandido e erguido em direção ao inimigo.

Seguem-se um longo ato de exorcismo e um breve ato de exortação para que os fiéis depositem dinheirinhos na bandeja circulada pelo ex-diabo de camisa de malha, exorcizado e já dócil ao comando do pregador, que lhe ordenara cumprir a piedosa tarefa arrecadadora.

Enquanto isso, distante dali...

"Ora, meus caros fiéis, até quando vamos agüentar semelhante empulhação? Vamos deixar nossas ruas para sempre infestadas por essa classe de indivíduos que, sujando o nome de Jesus, conspurcando a palavra de Deus, explora impunemente a ignorância do povo? Chegada é a hora, caríssimos fiéis, de pôr um fim a essa praga. Deste púlpito, dou um alerta à população. Conversem com seus parentes e vizinhos, digam a eles que esses indivíduos, esses pregadores inescrupulosos, são o perigo maior do nosso tempo. Não cedam, vocês mesmos, à tentação de se aproximar desses agrupamentos de gente ingênua que se formam nas ruas ou se reúnem no que eles chamam de templos, na verdade toscos auditórios improvisados em galpões ou casas alugadas com o dinheiro da assistência. Desde este Santo Púlpito, nesta igreja erguida com tanto sacrifício, tão querida para a comunidade de nossa paróquia, eu imploro, meus caros fiéis, banhado da Luz Divina que me alumia, que vos engajeis numa Cruzada Santa contra os Usurpadores do Verbo Divino. Oremos ao Senhor."

"Na roda da praça,
na roda da vida,
do Mal que tu faças
serás redimida."

"Uma quadrinha para o público feminino, que compus de improviso no meio de uma pregação em Caxias. Fiz para uma mocinha que gritou, no meio da roda: Eu quero ser salva! Foi uma emoção. Senti que a Luz Divina me alumiava naquele momento. A Graça de Deus."

"O senhor é poeta?"

"Eu sou tudo, minha jovem. Poeta, cantor, compositor, repentista, sou até repórter como você. Faço entrevistas com a alma do povo."

"E o que a alma do povo lhe diz?"

"Vem d'alma do povo
a bela lição.
Não quero de novo
fugir dela não."

"O senhor fez isso agora?"

"Agorinha, minha jovem. Não resisto aos pentassílabos. Eu ouço: 'Vem-d'al-ma-do-po-vo', e não resisto, desfio uma quadrinha. A mesma coisa, olha: 'na-ro-da-da-pra-ça'."

"Fale mais da alma do povo."

"É o meu povo, eu estou no povo, minha jovem. A alma dele é a minha alma. Consulto a minha alma quando o povo consultar quero. E ele chega, vai fazendo aquela roda em volta de mim, eu esperando em contrita atitude, os olhos cerrados, a mão na testa franzida, os músculos tensos. Abro os olhos para ver se a roda se fechou. Ainda não, há vários buracos, e fico observando as pessoas chegando para ocupar lugar, se ajeitando para formar a roda. Pego o microfone para animar: Eu pedi que vocês se reunissem à minha volta, meus irmãos, porque tenho uma mensagem de Deus... Vou falando. Quando eu vejo que a roda ficou mais ou menos, mando todo o mundo dar as mãos para formar a Corrente do Bem. O efeito prático disso é que o círculo fica logo arrumadinho."

"Eu estava na roda do pastor, assistindo ele falar. E veio um pensamento que eu fiquei pensando assim: meu Senhor Jesus Cristo, eu não posso continuar dando para o seu Antônio. Ele é português, dono de padaria. Português dono de padaria é pecado, tem de ser pecado.

"Meu Senhor Jesus Cristo, eu tenho que me salvar em etapas, não é isso? Cometi o pecado de dar para o seu Antônio. Agora tenho que deixar de dar para o seu Antônio para cometer o pecado menor: dar para o empregado dele, que fica me azarando, e eu desprezando ele, que ele não tem onde cair morto. Depois paro com esse e vou dando para quem estiver embaixo. Quando chegar num pivetinho pobrezinho e magrinho de treze anos, o menor pecado de todos, paro de vez. Não é assim, meu Senhor? Senhor: serei salva?"

A mocinha grita no meio da roda da praça: "Eu quero ser salva!". O vívido pregador se surpreende e exclama: "SOIS PUTA?!" Mas logo hesita e dá a brilhante estocada:

"Na roda da praça,
na roda da vida,
do mal que tu faças
serás redimida!"

A sessão se acaba e o pregador alveja a mocinha com um olhar fixo e hipnótico. Ela vem andando como se, descalça e coberta por uma veste diáfana, escalasse a Via Láctea. Quando chega perto dele, percebe que sua oportunidade chegou.

Mocinha tornou-se amante do pregador, em caráter exclusivo, e com isso anulou automaticamente o pecado que cometia com o português dono da padaria e cancelou a programação da via-crúcis a que se propunha até chegar ao pecadilho menor e redentor. Teve com o pregador um filho. Batizou-o: Messias. Messias e mocinha foram abandonados em Caxias, um dia em que a família estava por lá de passagem, acompanhada do diabo de camisa de malha. O pregador riscou Caxias dos seus roteiros, o que muito lamentou.

Enquanto isso, no largo da Carioca...

Nós vamos caminhando aqui pelo largo da Carioca, no centro do Rio de Janeiro, entreouvindo conversas alheias. Um velho debate com uma dupla de policiais. Vamos ouvi-lo:

"Eu vi aquele safado ali exorcizando duas vezes o mesmo diabo. Se você exorciza uma vez está exorcizado, não volta mais. Vi ele exorcizando uma vez, depois parei aqui uns dias depois, vi ele exorcizando outra vez. O mesmo diabo. E é sempre a mesma coisa. O exorcizado pega numa bandeja e recolhe o dinheiro. Levou o meu. É um cúmplice do sem-vergonha."

"O senhor tem que apresentar queixa na delegacia."

"Não precisa de queixa nenhuma, o flagrante está aí, na cara de vocês. É entrar aí no meio da roda na hora que ele estiver exorcizando aquele outro safado que eu já sei até onde ele está, é aquele ali de camisa de malha, fumando cigarro. É chegar lá e dar voz de prisão. Voz de prisão!"

"Não podemos fazer nada, senhor. Cumprimos ordens."

O velho olha em volta, procurando olhares solidários. Nada. Sai gritando: "É culpa do Brizola!"

"Vai um brinquedinho aqui para o seu netinho, freguês?" pergunta-lhe um camelô, que insiste. O velho já foi assaltado umas três vezes pelos pivetes aqui no Centro, mas decidiu que não há nada mais grave que exorcizar a mesma pessoa em duas ou mais ocasiões diferentes. Não poupa o governador.

"Regarde, qu'est-ce que c'est que ça? Allez, on s'approche? Tiens, c'est un illuminé. Regarde un peu la gueule des gens. Celui-là, regarde, le petit vieux en costard, tu le vois? Regarde sa gueule. Putain, et dire qu'on n'a pas pris la caméra."

"Mais c'est de ta faute, quoi. C'est toi qui as voulu la laisser à l'hôtel."

"Tu voulais quoi? Qu'on se fasse attaquer?"

A sessão chega ao momento em que o pregador desconfia que o diabo está entre nós. Mais de um assistente vira os olhos para o casal de turistas franceses, que pressentem, na desconfiança dos curiosos, uma ameaça. "Vade retro satanás! e a besta-fera se afastará de nosso seio!" Os dois estrangeiros se afastam, incomodados pelos olhares. O braço do homem, na retirada, roça o braço de uma moça, que não evita um grito de susto. "Excusez-moi", ele diz. A moça acha suspeita aquela fala sibilina com pronúncia sibilante. Só a Serpente do Mal fala desse jeito, informa-lhe o radar incrustado em sua mente. Aterrorizada, esfrega vigorosamente a área do braço contaminada pela invisível marca do Demo, meu Deus, que horror, o que vou fazer?

Responde-lhe a amiga: "Passa água benta que sai".

O casal francês ainda discute o problema da câmera quando percebe, por cima de seus ombros, a persistência dos olhares hostis. Membros da comunidade do pregador cravam seus múltiplos olhos na entidade turística, instantaneamente convertida em dupla de demônios. Um potencial problema consular, aparentemente. Que não chega a molestar o pregador, absorvido em sua própria retórica e em seus movimentos dionisíacos, girando o corpo para todos os lados com um largo e prolixo jogo de pernas. Desorientado, prestes a perder o equilíbrio. A precária aparelhagem de som compromete a dicção das palavras de desespero ("Onde está a Besta?!"), mas amplifica o tom de choro e a menção ("Ahhh...") a um desfalecimento infalível. Finalmente, ao deparar-se com o rútilo casal francês, compreende a delicadeza da situação e volta-se rapidamente para o indivíduo de camisa de malha, gritando vai! e enquanto o diabo se apressa a esmagar com os pés a guimba que fumava, giiiira o pregador o corpo de novo, num consagrador vôo de 360 graus, os braços abertos, mergulhando como o falcão em flecha na precisa direção de sua presa. O giro vertiginoso se completa e se detém de súbito, e logo um crispado dedo em riste atinge a mira do indivíduo de camisa de malha: O DIABO!

O povo hesita, olhos se entrecruzam interrogativamente e finalmente convergem para o homem de camisa de malha. O estrabismo coletivo agarra na hora o Insidioso Ser, algumas mãos fazendo sua parte. Os franceses, que partem, juram que nunca voltarão ao Brasil.

Vamos ouvi-los:

"Esse cara está durando aqui no largo da Carioca. Eu passei há uns dois meses, ele estava aí. Quinze dias atrás, ele estava também."

"É, ele está sempre aí. Fala o dia inteiro. De vez em quando passa um ajudante pegando dinheiro de todo o mundo. Outro dia saiu uma fotografia no *Globo*, tirada de uma janela aqui do edifício Avenida Central mostrando essa roda aí."

Os dois jovens advogados, de gravata, voltando do almoço, seguem ao fórum. Passam por um velho debatendo com uma dupla de policiais.

Messias, tu crescerás

Vamos visitá-la, distante do largo da Carioca, em seu lar. Mocinha não consegue olhar para seu filho sem exclamar: "MESSIAS!" Messias olha para Mocinha e exclama: "MÃE!" Seu Antônio, o português que a empregou na padaria, come-a todos os dias no sofá que para tanto mandou instalar no escritório sujo e obscuro do estabelecimento. Uma única estampa enfeita as paredes inchadas de infiltração: a imagem de Jesus num campo de trigo, braços estendidos em direção às crianças e a legenda: "Vinde a mim as criancinhas". A partir de seis horas da manhã, seu Antônio come Mocinha no sofá que virou ninho de baratas. Ela chega sem vontade, senta-se. Enquanto o português vai abrindo a braguilha, Mocinha fica olhando a estampa com estranho enlevo, deixa esse enlevo penetrar bem no espírito, até ao frêmito, e finalmente pergunta: "De onde vem o pão?" "Do trigo!", exclama o português, antecipando o prazer. Mocinha então ataca o sexo do patrão, com volúpia. Seu Antônio geme. Mocinha não explica o que há de tão afrodisíaco na palavra "trigo".

Encerrado o expediente na caixa da padaria, Mocinha volta para casa, e acariciando os trigueiros cachos castanhos-claros de Messias pensa em Messias menino, dando lições aos sábios, pensa em Messias maior, atravessando o deserto e resistindo às tentações, vê Messias expulsando os vendilhões do templo, mas sobretudo vê Messias no lugar de Jesus na estampa, entre espigas e criancinhas. Todo o pecado de que sou pecadora, ela se diz, será por ti redimido.

Messias, tu crescerás.

Pois não é que a mesma foto publicada no *Globo*, com a vista aérea da roda de fiéis no largo da Carioca, essa mesma foto foi projetada em slide por um professor do departamento de antropologia da Universidade Northwestern, Evanston, Illinois? Vamos ouvi-lo:

"In this picture you can see people attending a ritualistic gathering in a well-crowded area of Rio de Janeiro, Brazil. They're forming a circle around an independent Christian preacher. Preachers like that can be seen anywhere in Brazil, they're difficult to avoid.

"Now look at this picture. Those are Indians in their natural environment, deep in the heart of the Amazon rain forest. They're standing in a circle to watch and listen to the tribe's healer.

"The circles are identical, and their ritualistic purposes are very much alike, no matter whether the event takes place in the jungle or in the city."

Ensurdecidos por uma aeronave intercontinental que se prepara para o pouso (eu estou na janela do avião, e vejo), eles caminham. Na hora crepuscular, seguem pelo calçamento de uma estrada, em direção ao próximo hotel atrás de algum posto de gasolina, empurrando um carrinho de supermercado supostamente carregado de apetrechos de amplificação de som e umas sacolas, seguindo para outra cidade, na esperança de pegar carona num caminhão amanhã de madrugada: O PREGADOR E O DIABO DE CAMISA DE MALHA!

OFERTÓRIO

Fac eas, Domine, de morte transire ad vitam.

Eu percebo quando as sombras se geram espontaneamente para penetrar fundo pelas rugas do meu rosto. São a minha noite particular e interior, que me ensombrece a cara a qualquer hora do dia, de dia ou de noite. Quando essa miniatura de noite se pespega ao meu rosto, como chaga repentina, o tom da minha pele morena fica esverdeado, um esverdeado cinzento e sem brilho que me irrita, principalmente quando não estou diante de um espelho — diante do espelho, se minha cara refletida é insatisfatória, posso sempre modificá-la; basta fazer caretas experimentais. Na rua, longe dos espelhos, é impossível alcançar o instantâneo auto-retrato do meu aspecto, e a careta, assim com tanta gente em volta, é socialmente inaceitável. Eu então passo muitas vezes a mão pela cara, como se com esse gesto pudesse expulsar minhas sombras subjetivas. Depois arregalo os olhos para mostrar ao mundo o pouco de luz que imagino ter dentro de mim. Sem os desarregalar, arreganho os dentes para exercitar os músculos na maçã do rosto. Sem os desarreganhar, e para compensar o excesso de ginástica num único setor da cabeça, deixo a mesma pender para o lado direito. Simultaneamente, ergo o ombro esquerdo em busca de uma íntima simetria. Um horrível cacoete.

Foi durante um surto do cacoete que ouvi as badaladas. Elas soavam roliças e flutuantes, uma depois da outra, separando-se do campanário como uma alma se separa do corpo e fica no ar boiando, até se dissolver ou se transmudar. Era a centésima vez que eu ouvia os sinos da catedral, mas nunca até então sentira a urgência de procurar com os olhos a substanciação visual daquele som. Procurava pelos recônditos dos muros em volta — que deviam armazenar ecos ocultos.

As badaladas se extinguiram como as coisas perecíveis, depois de longo tempo de ressonância. Fiquei absorto durante esse tempo, com o pensamento longe de tudo — longe até do próprio som do campanário, que na verdade não chegou a me instigar como me instiga agora. Desse estado de alheamento só despertei quando quase roçou, em alguma parte do meu corpo, uma dessas bolhas de sabão típicas em praças de catedral. A garota que a soprara já se preparava para a emissão de uma outra, enfiando o aro no copinho de plástico com água e sabão. Senti raiva de alguma coisa. Vi muitas pessoas, demasiadas, caminhando, conversando. Passavam, ao que tudo indica, um domingo na praça.

Fui andando, mas enquanto andava percebi que ia na direção errada. Eu era o único que se distanciava da praça da catedral, o único, portanto, que contrariava o sentido unânime de uma multidão cada vez mais densa, composta de uma gente variada (famílias inteiras, grupos de amigos, casais, homens sozinhos, mulheres idem, jovens, velhos) que se movia como se todos tivessem o mesmo tipo de compromisso, à mesma hora e no mesmo lugar. Dirigiam-se, pelo aspecto multitudinário e pelas atitudes individuais, a um jogo de futebol, a uma quermesse, a um megaespetáculo gratuito. Seria um despropósito seguir contra a corrente. A turba me tocava com seus múltiplos braços e coxas, já quase passava através de mim. Voltei-me. Integrei-me e fui em frente. À praça da catedral.

Mas não consegui chegar até lá. Houve um afunilamento e a multidão estancou na rua de acesso ao destino quando me faltavam uns cinqüenta metros para alcançá-lo. A concentração aumentava à medida que aumentavam as vontades individuais de tomar um lugar, precário que fosse, na praça. Pensei em desistir e voltar atrás, mas já era tarde, não havia como atravessar a multidão compacta. Eu estava junto a um muro e comecei a ficar comprimido contra ele — um aperto forte quando a multidão oscilava para o meu lado; um alívio momentâneo quando oscilava para o outro. As multidões, percebi então, fazem, quando encurraladas, movimentos laterais de vaivém, parecido com o das marés. O paredão ao meu lado era como o rochedo contra o qual se projeta o oceano. Meu corpo chegava a suspender-se quando a oscilação tendia contra mim. Não sei se meus pés se apartavam do chão nesses momentos, mas a impressão era essa.

As árvores já tinham muita gente apinhada em seus galhos. O de sempre: desespero das mulheres, pavor das crianças, apreensão dos homens. Ouviram-se os primeiros gritos, houve desmaios. O que não houve foi policiamento — providência municipal que, pelo menos no ponto em que me encontrava, era uma impossibilidade física (talvez houvesse alguma operação policial mais para trás, nos locais de afunilamento iminente).

Ouviu-se, do campanário, uma badalada imperial.

A multidão, eu dentro dela, obedeceu à súbita sonora senha, irrompendo, como numa carga de cavalaria, contra a praça sitiada. Os jornais revelariam no dia seguinte o saldo trágico daquele assalto — duzentos e catorze mortos e setecentos e dezessete feridos, um quinto dos quais em estado grave. Em dramaticidade, a estatística não podia competir com os gritos de fúria daqueles todos que, como eu, passávamos por cima de corpos ainda vivos, pisoteados, debatendo-se não para escapar inteiros ao massacre, mas para proteger ao menos a cabeça, como se as demais partes do corpo fossem elementos acessórios; ou ao menos um filho, ou um embrião enroscado no ventre. Não tínhamos olhos para os que tropeçavam à nossa frente e perdiam o equilíbrio, oferecidos às patas, nossas patas apocalípticas avançando aos pulos no transe da conquista. Quase fui levado a escalar, contra a minha vontade — pelo simples fato de deparar-me com tal coisa no meu caminho — um volume informe de pessoas que subiam umas nas outras para alcançar a parte alta de um portão que dava para uma casa particular, na qual pretendiam abrigar-se. Os que estavam empoleirados nos galhos das árvores eram desalojados aos empurrões por invasores buscando proteção lá no alto. Corpos caíam das árvores como mangas, como jacas, por cima de cabeças e clavículas. Desviei-me do grupo que queria escalar o portão e vislumbrei finalmente a praça da catedral. Incerto estuário: quem estava na praça olhava para nós em pânico, procurando recuar um recuo impossível. De várias outras ruas de acesso, diversos pelotões convergentes também marchavam contra a praça.

Avistei subitamente a catedral. Sobre ela, um céu limpo, despovoado até de seus pássaros e de seus aviões de carreira. Isso terá motivado a euforia suicida que me levou a galopar. Por falta de espaço, meus joelhos não tinham liberdade para articular-se como convém ao galope e o movimento resultante foi para cima — com o apoio dos braços, eu procurava subir pelos ombros de quem se encontrasse à minha frente. Quase todos ao meu redor tiveram o mesmo impulso. Tentava-se ultrapassar quem estivesse à frente, mas quem estivesse por trás fazia o mesmo. Enquanto eu agarrava um pescoço na frente, sentia o meu próprio alcançado por trás. O resultado dessa sucessão de idênticas ações foi um imenso bolo humano, na base do qual, imagino, jaziam cadáveres. Da reação contrária das pessoas que estavam na praça querendo deter o nosso avanço, resultou a complexa paralisação de tudo. Incapazes de seguir rolando e escalando ombros, resignamo-nos a manter a posição. Havia algumas camadas de corpos sobre o meu corpo, mas a minha cabeça ficou de fora como uma carranca do rio São Francisco, o que me permitiu sobreviver.

Nessa situação fiquei por uns vinte minutos. Minhas pernas roçavam durante esse tempo algo duro e esférico — um crânio. Minha vista alcançava apenas a braguilha de uma calça jeans. O que importava era manter o nariz de fora para respirar, coisa penosa com o diafragma comprimido. Era desconfortável, não posso negar, mas eu não podia me queixar: pelo menos não estava morto como tantos outros. Havia gritos, agora me lembro, provavelmente emitidos pelos que agonizavam. Os que conseguíamos sobreviver permanecíamos silenciosos, como se poupássemos força caso adviesse situação pior.

Foi com grande alívio que finalmente ouvimos as novas badaladas do campanário da catedral. Soaram distintas, ainda mais rotundas, ainda mais imensas em sua mensagem diáfana. Foram ouvidas por todos os que estávamos na praça e suas redondezas, incluídos os mortos. Calamo-nos todos, mesmo os agonizantes.

A evacuação da praça ainda durou cerca de duas horas. Quanto a mim, consegui desvencilhar-me do bolo humano passados uns dez minutos. Quando saí dele, inventariei os estragos: dois braços e algumas costelas quebrados. Custei a ficar de pé, porque o sangue demorou a voltar a circular pelas minhas pernas. Examinei as escoriações mais aparentes, e apesar das dores consegui passar vagarosamente os olhos à volta. Vi rostos perplexos e vi olhos que miravam sem cessar os torreões da catedral.

Vi: que o sino começava a mover-se pesadamente. Logo soaria nova badalada.

O DIDAC E SUA BANCA

Era o quarto dia seguido que eu escovava os dentes com creme de barbear. Não dei pelo descuido no primeiro dia; estranhei, e foi só. No segundo dia, percebi o lapso quando acabava de escovar a arcada de baixo. Metade da arcada inferior no terceiro dia. Hoje, cuspi o creme na pia, com repugnância, menos pelo dissabor da coisa em si do que por revolta diante de tão alarmante sintoma de alienação matinal. Reescovei com a pasta regular, olhando meu rosto no espelho.

Tudo isso ocorreu no meio dos meus cuidados para não despertar meus dois companheiros de quarto, que dormiam feito pedra — nem o barulho do chuveiro abalou o sono deles. Fiz tudo de mansinho e quando saí fechei a porta devagarinho. Eu me sentia fresco e limpo.

Não sei se acordei mais cedo que os outros, mas sei que engoli o café da manhã e saí do hotel antes de todo o mundo. De terno escuro e a gravata que após tanta hesitação elegera na noite anterior, olhei em volta pelo saguão, para ver se algum dos meus companheiros já estava pronto. Eu não queria dividir o táxi que me levaria ao destino comum de todos nós.

É claro que cheguei antes de todos, às sete e quinze da manhã. Cruzei a porta principal e passei rápido pelos recepcionistas, que não me interpelaram. Subi um lance de escada, virei à esquerda e fui andando pelo corredor que se estendia entre uma profusão de portas do lado direito e, do lado esquerdo, uma sucessão de canteiros a céu aberto, protegidos por muretas onde pessoas se sentavam para conversar e fumar. Aqui e ali, sentavam-se para conversar e fumar. As entrevistas se iniciariam às oito horas. Entrei na ante-sala que estava procurando e não encontrei ninguém, nem a recepcionista estava. Escolhi um sofá, peguei o assento mais próximo da porta da sala onde a banca se reuniria e abri uma revista. Meus olhos flutuavam sobre as palavras impressas, minha mente não lhes captava qualquer significado.

Chegaram, depois de meia hora, quatro dos meus companheiros. Ficaram, na ante-sala, uma moça e um rapaz. Os outros dois me cumprimentaram e saíram, para se recostarem na mureta do canteiro e trocarem idéias ali, aparentemente não confidenciais. Os trajes de todos nós equivaliam-se na formalidade. Conversávamos amenidades, quando ouvimos os passos e as vozes do DIDAC e de seus três colegas de banca. Silenciaram-se os dois da mureta do canteiro. Silenciamo-nos todos. Trajando um safári bege, imaculado e engomado, digno do cargo que ocupava à frente do IDAC, entrou o DIDAC pela porta, evitando, com uma deliberação que captei, qualquer excesso de cordialidade. Os que o seguiam variavam no tom com que davam bom-dia. Antes de destrancar a porta de sua sala, o DIDAC se deu conta do atraso da secretária (eram dez para as oito) e manifestou seu inequívoco desagrado a esse respeito. Ele e os demais membros da banca internaram-se na sala, apenas uns dois minutos antes da chegada da secretária, que não nos cumprimentou — deixou suas coisas sobre a mesa de trabalho e bateu na porta, entrando cautelosamente ao ouvir a permissão que aguardava.

A secretária voltou da sala para cumprir a primeira instrução do dia: organizar a agenda das entrevistas, pela ordem de chegada das pessoas. Já havia uns dez companheiros presentes e eu fiquei, bem como queria, no topo da lista. A partir de então, ficamos à disposição do DIDAC, na expectativa de que se desse início às entrevistas. Foram chegando os demais companheiros e em quinze, vinte minutos estávamos todos lá.

Eu sabia, todos sabiam, que meu caso era o mais complicado. Foi por isso que cheguei antes de todos, queria acabar de uma vez com aquela história. Eu não estava otimista, era o quinto ano consecutivo que tentava; estava apreensivo, claro, mas muito menos que no dia anterior. Tinha passado uma noite agitada, adormecendo às três da manhã e acordando em torno das seis e meia. Mas não me sentia cansado.

Chegou a minha vez. A secretária pronunciou meu nome completo e eu olhei para ela oprimido. Senti fraqueza nas pernas enquanto me levantava. Pode entrar, ela disse. Abotoei o paletó, ajeitei a gravata, passei os dedos pelo cabelo, suspeitei que meu nariz estivesse sujo, arrependi-me de não ter procurado um espelho para confirmar a propriedade da minha aparência.

Abri a porta. Quando dei de cara com a banca, só vi o DIDAC. Sorri, solícito, com licença, disse eu, bom dia, eu disse. O DIDAC, que estava com os olhos postos em documentos à sua frente, certamente correspondentes a mim, demorou para fechar a pasta de cartolina. Finalmente registrou minha presença, com um cumprimento tardio. Me mandou sentar.

Nos anos anteriores, eu passava cerca de quarenta minutos em cada entrevista. Meu caso era mais difícil que os outros, motivo pelo qual ninguém levava mais tempo do que eu em frente à banca. A maioria saía passados dez, quinze minutos; alguns depois de cinco minutos. Casos um pouquinho mais complicados atingiam seus vinte, vinte e cinco minutos. Neste ano, não foi diferente: entrei às oito e meia e saí às nove e quinze: quarenta e cinco minutos.

Foi tudo igual. Saí com a certeza de que mais uma vez não ia dar certo. Havia apenas uma novidade: à saída, o DIDAC me mandara permanecer na ante-sala: a banca voltaria a falar comigo a qualquer momento, em algum intervalo entre as entrevistas. Obrigado, eu disse, com licença, e ao sair fechei a porta com enorme e reverente cuidado.

Alguns companheiros se aproximaram para perguntar como havia sido. A maioria nunca havia estado ali antes, eram raros os que, como eu, repetiam a experiência todos os anos. Quase todos desistiam quando não dava certo pela primeira vez. Contavam-se nos dedos os veteranos, e mesmo entre eles o meu caso se destacava por uma obstinação muito maior e mais duradoura: cinco anos seguidos.

Uma companheira foi chamada. Entrou. Quinze minutos depois estava de volta, dizendo que tinha sido obrigada a recitar um monólogo que sabia de cor. Por quê? perguntaram os outros, e ela disse: A banca perguntou o que eu fazia, em que trabalhava, o que estudava, essas coisas, e quando eu disse que fazia teatro com um grupo amador, eles me mandaram recitar um trecho qualquer que eu soubesse de cor, eu disse que não era o caso, não tinha nada a ver com o motivo da entrevista, mas eles insistiram, eu insisti, eles disseram que tinha de ser como eles queriam, e então recitei. O quê? Um trecho de *Do-*

rotéia, do Nelson Rodrigues, "eu não enterraria um filho meu, um filho nascido de mim; enterrar, só porque morreu?" etcétera etcétera.

Já estava em entrevista com a banca um outro companheiro, que sairia dez minutos depois para narrar aos curiosos o que acontecera com ele: mandaram-no tirar a roupa (Até a cueca? Até a cueca.) e examinaram cuidadosamente seu saco escrotal, após notarem, naquele apêndice, certa assimetria. O DIDAC ordenou que um dos membros da banca se detivesse naquele pormenor, e ele obedeceu, mandando o companheiro abrir ligeiramente as pernas para verificar, com mão enluvada, o balanceamento das duas bolas. Fez isso com ligeiros tapinhas por baixo do saco (Doeu? Não.).

Os companheiros entravam e saíam, e o recorde de entrevista mais longa, como era previsível, continuava a ser meu. Os que já haviam passado pela sala da banca voltavam para o hotel — não havia mais nada a fazer naquele lugar. Muitos saíam confiantes, outros abatidos.

O que foi que te perguntaram? Se eu usava drogas. E você? Disse que tinha experimentado no passado. E que não gostei.

Houve um que saiu correndo, depois de fechar a porta da sala. Procurava um banheiro, acometido de uma vontade imensa de evacuar. Passou longo tempo na retreta e finalmente saiu, muito pálido, apoiando-se na parede enquanto caminhava em nossa direção. Foram acudi-lo mas ele voltou apressado ao banheiro. Não houve tempo: sujou as calças e foi carregado, a despeito do fedor, para o serviço médico. Estava com a pressão bastante baixa. Foi o nervoso, comentaram.

Ensaiava-se, entre alguns companheiros que aguardavam a vez, uma postura de desafio ao DIDAC. Ele não tem esse direito, diziam, mas na hora a maioria capitulava ante a banca. Entre os poucos que resistiram, um se destacava pela elegância do traje. Não quis despir-se como lhe determinaram, e quando finalmente cedeu, não admitiu que lhe examinassem o que consideravam ser uma fimose. Na saída, disse que insistiu até o fim na recusa. Foi embora vitorioso.

Chegada a hora do almoço, a banca saiu da sala, seguindo os passos do DIDAC, que se dirigiu ao refeitório. A secretária comunicou aos companheiros que as sessões seriam retomadas às duas da tarde. Nenhuma palavra sobre o meu caso. O DIDAC passou por mim sem demonstrar qualquer modificação no seu semblante firme e determinado. Alguns companheiros aproveitaram o intervalo longo para almoçar num restaurante próximo, outros preferiram um sanduíche na cantina. Foi o que fiz. Ninguém se atreveu a experimentar a comida do refeitório, apesar de não haver proibição nesse sentido.

Pouco antes das duas, estávamos de volta ao local das entrevistas. Quando penso naquela tarde, fico com gosto de misto-quente na boca.

Logo depois do almoço, instigado pelo DIDAC a confessar que era homossexual (Você é ativo ou passivo? Não sou ativo nem passivo. Não sou homossexual.), um homossexual companheiro nosso foi constrangido a despir-se. Foi submetido a exame do reto. Não viu esse nosso companheiro qual terá sido o instrumento cilíndrico que um dos membros da banca, por instrução do DIDAC, usou para verificar a elasticidade do seu esfíncter, enquanto ele tinha uma crise de choro que atrasou por quase vinte minutos a entrada do companheiro seguinte.

Eu estava muito isolado. Percebi que não devia apartar-me do centro geral da tensão, não devia afastar-me do grupo dos companheiros que debatiam os métodos do DIDAC; não devia, por imperativo de sociabilidade, ignorar a crise no nosso pequeno meio, provocada pelo desmaio de uma companheira, dentro da sala da banca. A secretária tinha entrado e, quando voltou, pegou o telefone e pediu socorro ao serviço médico, fazendo isso em voz baixa para não chamar a atenção dos companheiros próximos. Dali a pouco chegava um médico jovem e um enfermeiro, que permaneceram uns cinco minutos na sala, ao cabo dos quais saíram com a companheira nos braços, desfalecida.

Mais tarde, ela nos contaria que, totalmente despida, fora obrigada a desfilar pela sala como modelo profissional. O DIDAC reclamava mais convicção nos movimentos dela, mais jogo de perna, braços mais soltos, cabeça erguida, ombros altivos. Ela procurava acertar. Mas quando o DIDAC lhe pediu que calçasse seus sapatos de salto alto e prosseguisse, ainda nua, com o desfile, deu duas voltas em cima dos saltos, sentiu-se tonta e só voltou a si muito depois, numa cama de ambulatório.

Uma questão libidinosa foi tema de outra entrevista naquela tarde. Logo depois de perguntar a um companheiro se já tivera relações sexuais com animais caprinos, ovinos e mesmo caninos e eqüinos, e dele receber uma resposta que parecia um primor de impassibilidade cuidadosamente urdida em palavras e gestos, o DIDAC disparou imediatamente outra questão: De que maneira você gostaria de comer sua mãe? Tinha que acontecer. Acontece todos os anos: em pelo menos um caso, os enfermeiros do serviço médico têm que entrar na sala da banca, para imobilizar o entrevistado e arrastá-lo, em camisa-de-força, para local seguro. Foi o que ocorreu com o companheiro dos caprinos e dos ovinos, que passou por nós ainda de cueca, meias e, o que causou espécie, ligas, além do colete psiquiátrico.

Os comentários gerais eram de que a última entrevista teria lugar por volta das oito horas da noite, a julgar pelo número de companheiros que ainda estavam para ser chamados. Concordei, com base na minha experiência.

A secretária foi até o serviço médico para levar a roupa do companheiro removido em camisa-de-força. Eu olhei para o céu, pelo vão aberto sobre o canteiro. Nesse momento, começou a chuviscar e logo desabava uma tempestade. Mau prenúncio, mas eu não devia ficar pessimista e ansioso, sob pena de descontrolar-me e, no ano seguinte, voltar para aquele mesmo local, nas mesmas condições, diante do mesmo DIDAC, na mesma época do ano.

O grupo escasseava. Às sete horas da noite, éramos quatro e não tínhamos mais assunto para conversar. Eu queria ir ao banheiro, queria dar uma caminhada pelos corredores, queria desligar-me um pouco dos meus silenciosos companheiros, mas receava que, quando me chamassem para a entrevista, eu não estivesse presente. A secretária, que utilizara o telefone com freqüência durante o dia, telefonou para seu filho para mandá-lo dormir, porque iria chegar tarde. Desligou e juntou-se ao nosso silêncio, sendo esta, ao longo da jornada, sua única demonstração de união com o grupo.

Saiu alguém, contou sua história escabrosa mas eu não escutava mais, e não sei se os demais companheiros escutavam. A secretária entrou, convocada pelo telefone pelo DIDAC, e minha atenção jogou-se toda para ela, enquanto a via levantar-se e sumir dentro da sala. Passaram-se uns cinco minutos e ela voltou. Em sua boca, podia ver as palavras latentes que iriam eclodir de seus lábios — o meu nome — e ela até passou seus olhos por mim. Mas não disse o meu nome; disse: O próximo, tal como dissera umas cinqüenta vezes durante o dia, a um número correspondente de companheiros.

Entrou o "próximo". Ficamos três: dois na ante-sala, eu inclusive, e um fora, recostado na mureta do canteiro. Saiu o que havia entrado, não nos disse nada, passou por nós, nem se despediu e sumiu na noite, apressado. Ouvi por algum tempo seus passos rápidos pelo corredor, até adivinhá-los atingindo a escada. Guardei-lhes o eco.

A secretária não entrou na sala. Não tive esperança, naquele intervalo, de que chegara a minha vez. Ela disse, enquanto lia pela vigésima vez a mesma revista: O próximo.

Entrou o "próximo", o da mureta do canteiro, e ficamos dois. O outro suspirou. Levantou-se, ficou um bom tempo do lado de fora. Não sei se, do meu lado de dentro, eu fechei os olhos, em busca de relaxamento, se cruzei as pernas, se as abri ou estiquei. Não sei onde estavam meus braços e a quantas andava a dor nos meus ombros tensos. Já nem sei se pensava no DIDAC, que tanto me dominara o pensamento e a imaginação, diariamente e por vários meses. Meses? Anos.

Quando saiu da sala, o penúltimo companheiro lançou-me um olhar que já não sei julgar se de desânimo ou de apreensão. Respondi-lhe com um olhar que terá sido, no mínimo, de catatonia. Eu já sabia: não era minha vez. A secretária também sabia. Sabia o último companheiro. Ele entrou, fechou a porta atrás de si.

O sofá em que eu estava sentado, no mesmo assento que escolhera no início da manhã, era de couro marrom-escuro. Minha mão direita pousava sobre o braço do móvel, procurando distrair-se com sua consistência, remotamente evocativa de pele. Os dedos avançavam até a beira do precipício, sentiam bem a borda limítrofe daquela peça do sofá, roçavam longamente a superfície e recuavam. A palma da mão se assentava, inteira, sobre o couro, e se arrastava, pesada, em movimentos que de lentos passavam a nervosos. Eu me via então agarrando com a mão direita o lombo do braço do sofá. Minha cabeça reclinou, até a nuca tocar o encosto.

Saiu o último companheiro, fechando a porta da sala e sumindo na noite lá fora. Rápido, empertiguei minha postura no sofá. Minha mão ainda agarrava o couro quando a porta se abriu. Saiu o DIDAC, girando a cabeça para relaxar os músculos da nuca e do pescoço, com um cigarro apagado na boca, isqueiro na mão, menção de quem iria fumar.

Foi então que ele me viu. Eu me aprumei, no ímpeto de manifestar respeito. A secretária entrou na sala para auxiliar os demais membros da banca na arrumação dos papéis que se espalhavam sobre a mesa. Ouviam-se vozes lá dentro, havia uma certa descontração. Ficamos sós na ante-sala, o DIDAC, fumando o que parecia considerar um justo cigarro depois de um dia estafante, e eu. Eu queria dizer: Posso entrar agora? mas pressenti a imprudência da pergunta. Mesmo porque o DIDAC, numa surpresa até divertida, arregalou os olhos, fez menção de um sorriso e elevou a voz, talvez com a intenção de chamar a atenção dos demais membros da banca (a porta estava aberta), para dizer: Ué, você ainda está aí?

Sorri para confirmar que sim, ainda estava ali. Aguardei em silêncio, mais aprumado do que estava, a ordem de passar à sala das entrevistas. Cheguei a apoiar as mãos no assento do sofá para fazer menção de que iria levantar-me.

Não cheguei a levantar-me. Naquele momento, saíam da sala os três demais membros da banca, que sobraçavam pastas. Falavam alto, como quem se descontrai no fim de um expediente puxado. Olharam para mim e um deles soltou um suspiro. Dirigiram-se para o corredor e afastaram-se alguns metros em direção à saída do estabelecimento. Logo estancaram os passos, à espera do chefe, que entrara de novo na sala para recolher, pelo que pude supor, os seus pertences. Ficou ali dentro por pouco tempo, com a secretária.

Saíram os dois, O DIDAC na frente, que passou por mim sem me olhar. Eu o acompanhei com os olhos, eu o vi quando cruzou a porta. Escutei seus passos, sua voz que se misturou às vozes dos outros membros da banca, os passos de novo, as vozes, algumas risadas.

Tão entretido estive que não percebi que a secretária, que já havia apagado a luz da sala e fechado a porta, olhava-me impaciente, com um dedo no interruptor da ante-sala. Queria apagar aquela luz também, assim que eu saísse. Seu filho devia estar esperando por ela, se é que já não dormia.

IRTGLUCH

Irtgluch apareceu há uns trinta anos. Conviveu comigo alguns dias, umas duas semanas se tanto, partiu e desde então vinha hibernando na minha memória — com a majestade (e na certeza altiva de que dormindo não morreria) de um animal-urso. Irtgluch ficou ali, adormecido na memória, ao contrário de tantos outros animais (Irtgluch era um animal) que de alguma maneira passaram pela minha vida e me deixaram lembranças mais ou menos imprecisas. Mas Irtgluch era mais que um animal. Não posso compará-lo a nenhum outro bicho — como o pequinês histérico de uma namorada idem que eu tive; ou um pastor-alemão desconhecido que me meteu os dentes no cotovelo; o cavalo manhoso do sítio de uns primos meus, que eu não conseguia fazer galopar; um gato que vivia dormindo sobre sacos de farinha do Armazém Combate, em Petrópolis; o vira-lata sóbrio e venerável da porta da farmácia do seu Gumercindo. Jamais me esqueci desses bichos à-toa. Mas me esqueci de Irtgluch — ou melhor, jamais compreendi que ele hibernava numa certa região polar da minha memória. Irtgluch não era como aqueles pequenos animais. Irtgluch era até mais que o urso, por mais polar que este se apresente. Irtgluch sabia hibernar na memória alheia. Foi o único ser vivo que dominou esse truque.

Agora, olhando pela janela do meu apartamento, que dá de frente a numerosas outras janelas de diversos apartamentos, procuro ao acaso a figura de algum bicho. Enxergo naquele terceiro andar uns peixinhos de aquário. Binóculo neles. Desprezo-os. Solto um ar pela boca: um princípio de riso, espécie de desdém pneumático. Desprezo-os. Nada se compara, no mundo animal, a Irtgluch.

Irtgluch. Aí está ele, devidamente balizado na abstração dos rankings, na exata posição, elevadíssima, que ocupa na escala dos bichos que significaram alguma coisa para mim. E no entanto, o profundo esquecimento a que o releguei em minha memória... É injustificável.

Neste momento preciso, estou perplexo. Assisto ao triunfo de Irtgluch (seu sublime despertar do sono hibernal) e sua volta à superfície da minha memória. Vejo Irtgluch na minha mente, com todos os seus sinais exteriores e interiores. Distingo todos os traços de sua identificação e todas as marcas que lhe garantem exclusividade entre os seres deste mundo de Deus. Maravilhado, vejo-me como testemunha (ocular?) da crescente dominação de Irtgluch no território do meu pensamento, fenômeno recente — começou de ontem para hoje — e de inelutável realidade.

Não sei a que devo esta brilhante volta de Irtgluch, depois de tantos e derrotados anos. Sobre mim, se é que vale a pena falar de mim, posso dizer apenas, referindo-me a um casamento desfeito, que ontem tive mais uma perda pessoal. É impossível — nem importa muito pensar nisso — associar esse acontecimento ao desvelamento de Irtgluch na minha memória. Mas o fato é que o vazio das minhas idéias, no estado em que me encontro, tem sido concomitante à invasão de Irtgluch na minha cabeça. Talvez eu possa dizer que a presença de Irtgluch...

Talvez eu possa dizer, nesta hora do meu destino, que a volta de Irtgluch tem um valor que só ele, Irtgluch, terá tido a generosidade de compreender durante esses longos anos de hibernação. Sua missão neste mundo terá sido velar, neste exato momento, a minha solidão.

Obrigado, Irtgluch.

A primeira vez que o vi foi nas águas salgadíssimas da lagoa de Araruama, Iguaba Grande, cerca de trinta anos atrás. Eram dias de Carnaval e eu estava com amigos. Contando comigo, éramos sete — quatro rapazes e três garotas, hospedados na casa da tia velha de uma delas. Uma pequena casa. As moças dormiam dentro e nós, os homens, dormíamos em redes que instalávamos na varanda e no quintal, embaixo de árvores. Amarrei a minha (coisa de garoto) com uma corda comprida que passava ao longo do teto do automóvel, por dentro e por fora, de uma janela a outra; e a outra ponta ficava amarrada no tronco de uma mangueira. Dormia com medo de ser bombardeado por mangas maduras.

Irtgluch surgiria na minha vida na manhã seguinte ao primeiro sono sob a mangueira. Foi na lagoa, onde estávamos boiando, nadando e brincando em atitudes meio infantis, contrastantes com a idade média do grupo, 21, 22 anos. Você se lembra, Irtgluch: uma das moças, quando viu você, soltou um grito. Apavorada, passou a correr com água pela cintura. Nós, os homens, chegamos perto. Era você. Vinha nadando, só o dorso negro aparecendo, um jeito de golfinho ou de boto. Um nado lento e ligeiramente brusco, feito de impulsos consecutivos, sem o movimento destro dos peixes e dos delfins. Vinha devagar e de vez em quando levantava a cabeça da água, o bastante para que apreendêssemos alguns traços do seu aspecto e para que excluíssemos a hipótese de boto ou golfinho. Mas mamífero era, certamente, e até mais que um cetáceo. A menina que se sentira ameaçada já estava a salvo na areia, e nós, os homens, estudávamos cautelosos as suas intenções. Irtgluch nadava em direção à praia.

Chegou lá, finalmente. Eu o vejo, Irtgluch, a uns cinco metros de distância de mim. Seu corpo encalhou na areia e ergueu-se... sobre quatro surpreendentes patas! Começou a quadrupedar na direção das três amigas apavoradas. Nós também, os homens, estávamos paralisados, na confusão de estratégias e dúvidas. Fui o primeiro a me aproximar de você, e talvez por isso tenha sido a pessoa que lhe teve a afeição mais direta, mais espontânea. Sinto hoje essa afeição, essa coisa vinda do seu olhar. Aquele olhar, Irtgluch, aquele olhar que você fez no momento da minha aproximação, eu na lagoa com água pelas canelas, você na areia sobre as quatro patas. Seu olhar era de pergunta. Parei, olhei você com olhos de diálogo. Seu olhar lembrava o de Robert Mitchum.

Irtgluch? O nome, quem sugeriu foi a mulher que nos hospedava. Era uma velha magra muito autobiográfica, nascida em Florença, narradora compulsiva de reminiscências de viagem e de suas amizades no mundo musical (o único que lhe interessava) no Rio de Janeiro e na Europa. Seu sotaque italiano se reforçava quando falava do marido paisano, cuja alma parecia ressumar em sua boca, a cada vogal que pronunciava, a cada erre que lhe vibrava no palato, a cada subversão da nasalidade de nossa língua. O marido morto vinha transportado de volta à vida, em estado imaterial, nas histórias que ela contava dele.

(Uma nota sobre a viúva: Era soprano e estava aposentada. Ao chegar ao Brasil, durante a guerra, já estava em vias de encerrar a carreira por degeneração das cordas vocais. O que lhe restava, então, era o gosto mundano de circular pelos corredores do Teatro Municipal para confraternizar-se, os ombros miúdos envoltos por um renard, com maestros, compositores, instrumentistas, críticos e colegas do canto. Classificava os homens em duas rígidas categorias: virtuosos e medíocres. Ainda se apresentava, de vez em quando, em salas de menor prestígio, sempre que havia um pianista disponível para acompanhá-la. Atribuía o ocaso artístico às injunções do casamento.)

(Uma nota sobre o marido morto: Assim que chegou ao Brasil, durante a guerra, foi dado como suspeito de ligações filofascistas. Permaneceria dois meses encarcerado na ilha Grande. Foi solto porque a polícia brasileira não encontrou provas que o incriminassem. A ordem de soltura foi um choque para ele: apreciava tanto sua estada na ilha, onde podia pescar e gozar o sol dos nossos trópicos, que chegou a ensaiar confissões apressadas e falsas de incongruentes envolvimentos com o Eixo. A falta de credibilidade prevaleceu e o homem voltaria, acabrunhado, para sua mulher, numa casa de vila em Copacabana — já com algumas idéias para modificar seu modus vivendi. Empregara-se como vendedor de uma fábrica de brinquedos quando começou sua vida no Brasil, conseguindo mais tarde a representação comercial de uma marca inglesa de automóveis. Ganhou dinheiro, o bastante para ambicionar viver de rendas. Não se dava bem nos ambientes do gosto da mulher. Concebeu um projeto: mudar-se para uma casa de praia, fora do Rio. A mulher resistia, mas acabou cedendo diante de sucessivas ameaças de suicídio do companheiro. Fecharam negócio para a compra do terreno em Iguaba. Construíram a casa, que o homem aproveitou pouco, não mais que um mês — morreria de tétano num hospital do Rio.)

Pois muito bem. Quando a velha viu Irtgluch no meu colo, intuiu que não valia a pena aderir à dúvida geral sobre espécie e raça. Sua alma musical, não sendo afeita às cismas sobre classificações zoológicas, levou-a a proferir esta sentença irrecorrível: "Irtgluch é o nome dele". Não explicou o significado do vocábulo nem sua procedência etimológica. No que me diz respeito, a palavra teve o condão de eliminar todo interesse científico na identificação e na denominação do ser em questão. Mais que um mamífero, mais que um cetáceo de quatro patas, mais que um horrível *Delphinus quadrupedis*, Irtgluch passou a ser: Irtgluch.

A senhora repetiu: "Irtgluch". E repetiu: "Irtgluch". E repetiu: "Irtgluch". Era menos que uma palavra e mais que um som. Vinha dos sonhos da velha aquela combinação de letras e de diversas possibilidades de pronúncia — que poderiam corresponder aos países aportados durante a movimentada vida da viajada senhora.

Irtgluch comia sardinha, leite, restos de nossas refeições. Aceitava de tudo. Seu único capricho era evitar ser observado enquanto comia. Por quê, Irtgluch? Levava o prato para um canto, vigiava incessantemente as pessoas com um olhar arguto e comia. Era desconfiadíssimo, eficientíssimo em sua ocultação. Nunca o surpreendi nesse ato. No meu quarto, já no Rio, só nós dois, Irtgluch implorava com os olhos — nos mais diversos matizes de dramaticidade — para que eu saísse e fechasse a porta atrás de mim. Só então comia. Por quê?

Quando voltamos ao Rio, no Chevrolet de um dos nossos amigos, Irtgluch aninhou-se no meu colo (eu vinha no banco da frente, à janela) e comportou-se perfeitamente. Os outros acabaram por desprezar sua presença. Irtgluch passaria desapercebido no longo trajeto — estrada, Niterói, barca da Cantareira, ruas do Rio. O pessoal cantava. Quando cantavam Antônio Maria e Dolores Duran, Irtgluch voltava para mim seu olhar de Robert Mitchum.

Em minha casa no Rio, o comportamento de Irtgluch foi impecável. Ninguém reclamava — meus pais, minha irmã, a empregada. Irtgluch nunca fez sujeira. Mijava em panos úmidos — que eu punha de molho depois — e defecava sobre folhas de jornal que eu descartava. Ele próprio parecera sugerir, com seu olhar, minhas decisões higiênicas quanto ao pano e ao jornal. Quando os estendi na área de serviço do apartamento, Irtgluch se alongou num olhar cúmplice. (Um olhar cúmplice, Irtgluch! Como eu preciso, agora, desse seu olhar! Olhe pra mim, Irtgluch, aquele olhar comprido! Preciso sorrir, Irtgluch! Só isso, sorrir...)

Não, eu não deixava de observar Irtgluch um segundo sequer. Sofria quando ele me rechaçava na hora de comer. Saía muito pouco de casa, e quando chegava da rua meu primeiro impulso era procurá-lo. Eu amava Irtgluch, Irtgluch absorto examinando com um olhar indagativo uma lâmpada, um garfo. Quando me encontrava, dirigia a mim um cumprimento sem gestos e sem movimento de corpo, apenas, como já se adivinha o que vou dizer, com os olhos. Que sorriam calorosamente nos primeiros dias; e à medida que ficávamos íntimos, apenas registravam com simpatia a minha presença. Irtgluch me ignorava como se eu nem existisse, quando se recolhia mentalmente na observação dos absurdos objetos que o cercavam — vasos, cintos, rolos de papel higiênico, panelas. Escutava o rádio com atenção, acompanhava com enorme interesse os gestos da empregada na complexa tarefa de cozinhar, virava os olhos, discreto, quando eu me despia (por quê, Irtgluch?), assistia passivo mas atento às discussões familiares.

Demorei algum tempo para ganhar naturalidade em minha convivência com Irtgluch. No começo, na ânsia de decifrá-lo, vivia fascinado. Ele parecia adivinhar esse sentimento e censurava, com os olhos, a esterilidade desse procedimento meu. "Por que me decifrar?" ele parecia perguntar, e completava, solene e mudo: "Não sou a Esfinge, não irei matar-vos se não me decifrardes". Quando pude perceber sua mensagem, começamos a conversar. Com o tempo, sem me dar conta, eu iria compreendendo os significados dos seus olhares, e ele parecia aplaudir o meu progresso a cada estágio vencido. Estávamos dialogando, agora. Meu estado inicial de curiosidade foi dando lugar a algo menos unilateral. Nos últimos dias de nossa convivência, já o tinha como o melhor dos interlocutores. E sentia que essa habilidade sua decorria do fato de não falar, e de não ter aparência humana. Fala e humanidade, caso presentes em Irtgluch por alguma desgraça, corromperiam seu caráter e o vulgarizariam. O silêncio o preservava em sua pureza, e a aparência física cancelava em mim qualquer tendência ao desejo sexual pelo objeto Irtgluch. Foi assim que Irtgluch imprimiu seu signo no meu espírito. Irtgluch não mentia, descobri com o tempo. Não mentia jamais, não cabia nele tal possibilidade. Se eu tivera, no começo de nossa convivência, o impulso de interpelá-lo com palavras ("O que é que você quer?", "Por que me olha dessa maneira?"), fui perdendo pouco a pouco esse hábito absurdo. Passei a olhá-lo com silêncio recíproco. Não havia temas em nossos mudos diálogos — a essência de Irtgluch não comportava tal coisa.

Esta é a primeira vez, em trinta anos, que eu me lembro de você. É a primeira oportunidade que eu tenho para entender o que houve entre nós. De quem foi a culpa da nossa separação? Minha? Mas por quê, Irtgluch? Por isso? Só por isso? Só porque o convidei para sair de casa? Só pelo fato de eu ter insistido em passear com você? Só por isso? Mas qual era o problema de passear, de sair pelas ruas, mostrar a vida real, outras pessoas, outras...?

Você está dentro de mim agora, Irtgluch. O meu pensamento é a sua morada. Você não existe sem mim. Quando eu morrer, não haverá lugar para você hibernar dentro de uma memória alheia. Você ressurgiria em carne e osso diante de outra pessoa? Essa pessoa, Irtgluch, poderia adotá-lo se quisesse: um novo mestre, um novo dono, um novo senhorio que lhe alugaria a gruta do seu pensamento, deixaria você dormindo ali dentro dele. Mas você ressurgiria para essa pessoa? Depois de tantos anos em minha companhia, mudaria de mestre?

Mas é isso que você me diz? É isso que você sugere? Só porque eu quis levá-lo a passear? Por isso, a separação física?

Seu olhar me dizia, naquela tarde: Por quê? E o meu respondia: Porque sim. Não era meu costume usar de autoridade com Irtgluch. Pelo contrário, nossos passos sempre seguiram juntos em concordância mútua. Éramos um par de dançarinos. Se eu o guiava às vezes, não agia como quem impõe, antes como quem sugere. O mesmo com ele. A decisão do passeio seria a primeira e última vez que a autoridade se interpunha entre nós.

Minha idéia era levá-lo à praia. Numa tarde ventosa, à praia. Irtgluch aparecera na minha vida, e possivelmente para o mundo, numa praia; e da praia, por simetria do destino, poderia partir mar adentro e nunca mais voltar.

Parecia inevitável perdê-lo para o mar; aconteceria mais cedo ou mais tarde, era melhor tirar a teima de uma vez. Fomos.

Abri a pesada porta do edifício para deixar Irtgluch sair. Ao ar livre, ele inspecionou a calçada e o que estava sobre ela — papéis amassados, guimbas de cigarro, folhas de árvore, pregos tortos, palitos de fósforo, chapinhas de cerveja e de refrigerante, pedaços de pau, pedras, maços de cigarro amassados, pedaços de papelão, amontoados de terra saída dos canteiros. Era um inventariante insaciável. Não mexia em nada, apenas se aproximava e ficava observando com olhares muito expressivos, de dúvida, evocação, comparação, raciocínio, elucidação, certeza, nesta ordem. Movia-se para outro objeto e renovava o ciclo de olhares, com maior ou menor grau de interesse. Distraía-se de vez em quando para observar os pés de alguma pessoa que passava, as rodinhas de carrinhos de feira, cachorros, automóveis, ônibus. Não posso dizer se Irtgluch chamava a atenção de outros passantes, humanos ou não. Não me lembro bem — lá se vão uns trinta anos — de ver gente se aglutinando ao nosso redor com expressões e atitudes de curiosidade ou repulsa (não me lembro simplesmente porque não olhava para ninguém, só tinha olhos para Irtgluch, ninguém mais me interessava). E assim percorremos uma distância, pequena mas explorada intensamente por Irtgluch. Caminhávamos em direção à praia. Irtgluch seguia meus passos sem reclamar quanto ao rumo que eu tomava. Não lhe importava o itinerário, sua atenção era toda voltada para o museu que se prolongava pelo chão.

Irtgluch se deteve para observar um detalhe da estrutura metálica de uma banca de jornal, e foi então que por um momento desviei minha atenção dele. Interessara-me a manchete de um jornal, comecei a ler a notícia. Breve interrupção. Continuamos a caminhar. Irtgluch passou a observar a raiz de uma árvore com muito vagar, e olhou para trás, talvez — suposição minha — para cotejar a nova descoberta com um poste ao longe.

Eu gostaria de experimentar, um dia, a horizontalidade da perspectiva de Irtgluch. Pensava nisso quando chegamos à beira de uma calçada. Irtgluch, como se conhecesse o significado da fronteira entre calçada e rua, parou junto comigo e ficou observando o movimento dos carros para aguardar a oportunidade de atravessar. Foi meu segundo momento de desatenção com respeito ao comportamento de Irtgluch: eu olhava para os carros, não para ele. Atravessamos a rua sem incidentes a registrar e passamos à calçada seguinte, onde Irtgluch prosseguiu com seu inventário. Era como se tivéssemos transposto a distância entre duas alas de um museu.

Na nova calçada, o movimento humano era bem maior. Aproximávamo-nos da rua principal do bairro, para onde a maioria se dirigia ou de onde voltava. A meticulosa visitação de Irtgluch ao mundo da rua tornou-se um pouco mais dispersiva. Ele agora se distraía com as calças e as saias que passavam por ele. Começou a bater uma brisa, esvoaçavam pedaços de papel e folhas de árvore. O olhar de Irtgluch seguia esses objetos que se soltavam do chão; acompanhou a aproximação de um rosto ao longe, viu-o crescer passo a passo até se converter em nuca. Eu percebia agora que as pessoas tinham curiosidade por Irtgluch e às vezes até desaceleravam os passos. As crianças, enquanto não eram puxadas pelas mães, paravam, olhavam para ele. Irtgluch retribuía a atenção com olhares de reconhecimento e, como numa ocasião cheguei a supor, de vaidade. Ninguém me perguntava nada sobre ele, porque ele agora caminhava um pouco afastado, de maneira a não deixar muito claro que tinha relações comigo. Contentava-me em vigiá-lo de longe, não por receio de que lhe ocorresse algum acidente, mas por ser uma satisfação vê-lo agir assim solto. De vez em quando, é verdade, meus olhos vagavam por outras coisas.

Fomos chegando à esquina da rua principal do bairro. Aglomeração mais densa, barulho, agitação mais convulsiva. Se o meu propósito original era ir à praia, esquecia-me dele. Estava agora distraído, pensava até em assuntos pequenos do dia-a-dia. Adiante, os motoristas pareciam mais nervosos, os passantes como que sentiam mais o calor. Não Irtgluch. Ele parecia confortável fisicamente, e tranqüilo. Não apertara o passo, continuava a deter-se diante de objetos, embora com menos empenho do que na primeira calçada.

Não atravessamos a rua, percurso que seria necessário se fôssemos à praia em linha reta. Viramos à esquerda, talvez atraídos pelo movimento. Estávamos agora no meio da corrente, éramos parte daquela gente toda. A calçada ali era ainda mais rica em papéis amassados, guimbas de cigarro e outros achados com que se entreter, mas Irtgluch ia deixando de inspecionar esse tipo de objetos. O dia era nublado e pela primeira vez olhei para o céu para averiguar as possibilidades de chuva, que não pareciam grandes — o vento cuidaria de dispersar as nuvens. No alto, fios elétricos, copas de árvores e janelas de edifícios, algumas com um ou outro espectador da cena cá embaixo. Abortei um bocejo no meio, quando me lembrei de dar uma olhadinha em Irtgluch. Ele estava observando um cocô de cachorro.

Vitrinas queriam ser vistas, cartazes colados em postes queriam ser lidos, alheias conversas entreouvidas queriam ser plenamente ouvidas. Meu passo era cadenciado, repousado, como se caminha quando se está de férias. Os humanos adquiriam individualidade aos meus olhos: as mulheres ficavam mais bonitas, todos ficavam mais interessantes. Cheiros e ruídos asseguravam o lento reabastecimento dos meus sentidos. Alguém me cumprimentou. Retribuí com esforço, depois de vencer a surpresa e a hesitação. Meti a mão no bolso, senti chaves e dinheiro, apalpei minha matéria, procurei o meu rosto no vidro espelhado de uma vitrina, ajeitei o cabelo despenteado pelo vento, passei os dedos pelos olhos, enxerguei um conhecido do outro lado da rua, segui-o com os olhos na esperança de que ele também me visse, em vão. Mas o segui ainda por algum tempo, até me aproximar da esquina seguinte.

Quando cheguei nela, parei em outra banca de jornal. Completei a leitura que havia interrompido vários passos atrás — quatro ou cinco parágrafos (já não me recordo do conteúdo). O jornaleiro me saudou, disse que eu estava sumido. Confirmei, disse que tinha viajado, reclamei do mormaço, me despedi dele. Virei à esquerda. A praia ficava do lado direito. Estiquei o pescoço para xeretar o quintal de uma casa de família, por cima do muro — não havia gente, só um cachorro dormindo. Um engraxate perguntou-me se eu ia de graxa. Recusei. Confirmei que meus sapatos eram de couro, a oferta sendo, portanto, pertinente. Atinei para o jeito das minhas passadas e para a postura dos ombros, cuidei da ereção das costas e da perpendicularidade do queixo em relação à linha geral do corpo, olhei para a frente com a atenção voltada para a esquina seguinte, numa perscrutadora atitude naval que logo desfiz, em favor da velha mania de simular um jogo de amarelinha com os riscos da calçada, evitando pisar as linhas. Foi quando topei com uma pedra, que chutei e rechutei dois passos à frente. A calçada agora era bem menos movimentada, meu bairro reencontrava seu jeito provinciano, o suficiente para que eu, na presença de uma chapinha de cerveja, caprichasse um vistoso chute de trivela, passe de curva de Didi à procura das tortas pernas de Mané Garrincha, livre quarenta metros adiante. Estava com vontade de mijar. Apertei os passos para chegar em casa. Não me perguntei para onde teria viajado Irtgluch.

O FENOMENÓLOGO DOS CLARÕES

Sou o filho que nas intimidades daquela noite deixou de ser gerado. Pertenço à irmandade dos filhos jamais gerados — cuja população se quantifica pelo mais simples dos números: o infinito. Brincamos como crianças neste universo sem começo e sem fim. Com nossas mãos, ou melhor, com a idéia do que seriam nossas mãos caso existíssemos, agitamos vigorosamente o líquido viscoso em que vivemos submersos.

(Sinto que a história da minha quase-gênese deve ser contada entre parênteses. Parênteses são como bolhas, bolhas são do jeito que são: uma esfera cheia de ar, isolada do ar.) (Na noite em que eu deveria ser gerado, Sua Majestade a Rainha D. Isabel não se encontrava em Óbidos, e muito menos Sua Majestade o Rei D. Dinis, que lá quase nunca ia.)

Com a idéia do que seriam nossas mãos caso tivéssemos vida, agitamos, nós, crianças eternas, o líquido viscoso em que vivemos submersos. E com gestos assim infantis, acreditamos sacudir o esquecimento a que estamos relegados. Oh! inútil alquimia. Nada é recuperado, nenhuma lembrança de nós respinga ao mundo dos vivos e dos mortos. O máximo que obtemos, nesse exercício de agitar o líquido viscoso, são algumas bolhas túrgidas.

(Naquela noite, arrebatado pela paixão, meu pai virtual sussurrava sem parar, nos ouvidos de minha mãe virtual:

— Nosso filho vai ser concebido hoje à noite. Naquela torre. — E apontava a torre do castelo real.)

Por não termos olhos, somos cegos. Mas de algum modo que os vivos — e os mortos, tampouco — jamais saberão compreender, podemos enxergar, na escuridão, as bolhas imersas.

(Naquela noite, meu pai virtual sussurrava: — Vamos subir à torre, vamos subir à torre... — e era de puro álcool o hálito que exalava ao ciciar essas palavras.)

É bom contemplar essas bolhas, apesar dos rigores da anoftalmia. Aqui, neste mar repleto de nada, a única coisa que me chama a atenção é a frágil perfeição formal desses glóbulos.

(Naquela noite, só depois de muito insistir, meu pai virtual conseguiu convencer minha mãe virtual. Isso se deu quando os dois, saindo da taberna e embriagados pelo vinho, cambaleavam pelos becos tortuosos da cidadela estremenha e medieval e foram se aproximando, nesse passo trôpego, do castelo de Sua Majestade a Rainha D. Isabel.)

Nós, crianças eternas que jamais fomos ou seremos, cuidamos de nosso pequeno e infinito universo, assim como os humanos, na Terra, cuidam de seus pedaços de terra e os nomeiam latifúndios. Do mesmo modo como os humanos, na Terra, cuidam de suas árvores e de suas roças, nós aqui cuidamos de resguardar a integridade de nossas bolhas.

(Naquela noite, graças a complicados estratagemas concebidos por meu pai virtual, o casal que jamais viria a gerar-me conseguiu burlar a vigilância da guarda e logrou penetrar furtivamente no castelo, chegando ao alto da torre de menagem. A peripécia foi testemunhada naquelas altas horas por um humilde servo das cavalariças reais, e aqui começa a verdadeira aventura deles, e o fim da minha.)

Mas nós, crianças eternas, brincamos muito com essas bolhas, arranhando-lhes suavemente as películas com as unhas que não temos, experimentando com o dedo inexistente o limite de resistência de suas tênues placentas esféricas.

(Antes do dia raiar, o humilde servo das cavalariças reais denunciou, com alarde, o homem e a mulher que, ao invadirem o castelo, transgrediram gravemente a norma. Que fim foi reservado aos meus pais virtuais? Passaram por vexames públicos. Foram detidos no dia seguinte àquela noite fatídica. Foram exemplarmente castigados. E foram também punidos os guardas que deveriam ter evitado a aventura daqueles dois.)

As bolhas. Algumas estouram. Nesses momentos, o que era bolha se transforma num clarão efêmero e mudo, e o que era conteúdo se dilui instantaneamente em possíveis moléculas, absorvidas para sempre pela viscidez do líquido ubíquo, neutro e sem história.

(Cruel destino estava reservado aos meus pais virtuais. Mais cruel, contudo, foi meu destino. Pois tudo foi inútil: não houve amor naquela noite, e eu não cheguei a ser gerado. Porque naquela noite, ao chegar ao alto da torre, meu pai virtual sentou-se no chão, dormiu e só se levantou no dia seguinte. Seu ronco selou o fado da minha inexistência.)

A arte de mexer com as bolhas, para ser dominada, não exige mais que o prazer da contemplação. Com esse método tão simples consegui descobrir, não sei como, que, quando estouradas, os fugazes clarões que produzem são a iluminada manifestação de seus vivos conteúdos. Tudo o que está oculto dentro delas desvela-se nesses flashes, que logo se apagam sem deixar vestígio. É necessário capturar, com o intelecto, o instante exato e ínfimo em que esse clarão se faz.

Com os olhos que não tenho, hoje vi, ao estourar uma túrgida bolha amarela, meu pai virtual e minha mãe virtual, na torre de menagem do castelo de Óbidos, pertencente a Sua Majestade a Rainha D. Isabel, dormindo o sono pesado dos justos, ele recostado a uma parede, ela com a cabeça apoiada em seu ombro. Vi-os no instante exato em que um espermatozóide deveria estar fecundando o óvulo da mãe que não tive, caso os acontecimentos tivessem seguido o curso planejado.

(A propósito: o que aconteceu com o humilde servo das cavalariças reais — aquele que delatou meus pais virtuais? Foi promovido, e com o tempo ganhou um belo sobrenome — Monteiro — e um brasão. Gerou filhos, gerou toda uma nobre estirpe, cujos indivíduos vivem e morrem, por todos os séculos dos séculos, naquele planeta, naquela e em outras margens daquele oceano, e até de outros oceanos, os quais tanto molestaram com suas incessantes travessias.)

O MERCADO, O PARQUE E O AR

À esquerda de onde estava, um mercado. Eram negros todos ali, vendiam restos desprezados por uma civilização branca extinta.

À direita, fantasmas lívidos da extinta civilização branca, reunidos num parque arborizado. Louros, asseados, cheirosos e corados, caminhavam leves, mal tocando o chão, como se sutilmente levitassem.

Eu de pé naquela calçada, uma calçada qualquer. E nessa calçada me deixei ficar, paralisado pela hesitação enorme: para onde ir? Era dia, o sol estava a pino. Uma tontura. Senti que essa tontura se fundia nesta nítida revelação solar: minha morte andava próxima.

Assim me informava o astro-rei, que estava a pino. Vi tudo turvo. Poderia ter desmaiado. Esqueci por um momento a dúvida quanto ao lugar para onde ir: não poderia ir a parte alguma, o máximo que me restava era cambalear, cair talvez. Respirei fundo, acabei recuperado, não completamente. Coisas aconteciam.

Isso tudo, numa calçada. E havia muita gente ao redor, eu ali no meio. Estava numa rua movimentada e era dia, o sol estava a pino. Tonto com tamanha prolixidade de fenômenos, eu me perguntava: como será a morte tão próxima? Indagava os rostos que passavam; indagava, mas eles passavam.

Minha morte estava começando, via-se logo, e começava, via-se logo, pela transformação da cara. Em sua lógica clara e irretorquível, a geometria da morte urdia um entrelaçado de coordenadas que convergiam aceleradamente em direção à cara: lugar de onde se expulsaria a cara antiga e habitual. As partes vitais do organismo não eram afetadas — coração, pulmões, cérebro, nada. A cara é que mudava: a coisa que se mostra, a coisa mediante a qual se é, a coisa cuja, essa coisa, a cara, mudava. E quem morre primeiro pela cara, como eu morria naqueles momentos, incorpora não um pressentimento, mas a perfeita certeza do desenlace próximo. Era dia, o sol estava a pino. O sentido de fatalidade secretava pelo meu corpo, como suor.

Segui na direção do mercado dos negros. Entrei nele por um portão colonial. No vestíbulo, me ofereciam cigarros americanos e relógios japoneses. As barracas de venda, dentro do grande pátio, dispunham-se como numa feira. Senti peso naquilo tudo. As pessoas circulavam como se fossem gordas. A lei da gravidade era mais eficaz ali que em outros lugares. Bois naquele mercado passeariam à vontade: bovino era o lento peso da negritude. E os tomates esmagados no solo eram mil vezes pisoteados: os pés humanos insistiam em desintegrá-los — ou integrá-los definitivamente ao chão de cimento.

Por que, de súbito, eu me senti mais leve que uma pena de galinha (dessas que esvoaçam em semelhantes mercados quando as aves se inquietam dentro dos seus gradeados de madeira)? Não sei. Sei que meus pés descolavam do chão, lentamente, e eu gostei dessa sensação. Passei a caminhar solto pelo ar, pertinho do chão, grávido de uma instigante plenitude que me distinguia dos feirantes e fregueses do mercado. Vi uns tomates, quis comprá-los. Perguntei quanto eram. Minha voz soou clara, empostada, bem bonita: "Quanto custam esses tomates, minha senhora?"

A senhora me olhou e julgou que não lhe cabia responder: naquele momento eu já não estava ali, ou melhor, o que estava na frente dela não era o meu rosto, mas os meus joelhos. A um metro do chão eu já pairava. Olhava por cima dos tetos das barracas (lona suja).

E fui subindo. Avançava para o alto como um pára-quedista às avessas, atingi uma altura de onde pude ver tanto o mundo dos negros quanto o dos brancos espectrais do parque. Soldados brancos surgiram e carregaram seus rifles. O sol a pino. Começaram a atirar. Logo chegaram soldados negros, do outro lado. Carregaram seus rifles, apontaram suas pistolas. Disparavam. Pelos dois lados do meu corpo, zuniam projéteis. Não sei de onde partiu — da direita? da esquerda? — a primeira bala certeira. É indiferente. Mas percebi, com suficiente clareza, que seres mais leves que o ar são intoleráveis: quando avistados, devem ser abatidos.

Uma atrás da outra, camadas de minha identidade soltaram-se de mim, como tropas que avançam para cima — pára-quedistas às avessas. Soltaram-se do meu ser, das dobraduras mais íntimas do meu ser, de suas costas, à sua revelia. O que lá de baixo se via era meu corpo subindo, esplêndido despojo liberto das conspirações da alma. Subindo como um anjo caindo.

INSTRUÇÕES FINAIS

Sair da zona conturbada com um pequeno passo para o lado (que não chega a ser nem passo, apenas uma ligeira inclinação, ou nem isso).

Regressar à terra de origem.

E visualizar o portão a ser aberto, as árvores frutíferas além do muro, as plantas abundantes, a trepadeira subindo pela varanda e emoldurando uma região obscura que se avista por uma porta aberta: o interior da casa.

Você está chegando, eu digo. Não que você tenha viajado; apenas deu aquela intenção de passo que se manifesta numa contração muscular, deu um passo dentro de si mesmo, e concluiu que se tornavam nítidas algumas coisas opacas do seu pensamento; e chegou a um entendimento qualquer sobre algo que não consegue discernir.

Mas você está lá, não sabe por que, lívido e enlevado, à espera do seu próprio próximo passo.

E a realidade?

É, meu amigo, não se pode, daqui por diante, dar passos inexistentes. Passos agora têm que consumar passadas no chão, reais e decididas: um determinante deslocamento do ponto A para o ponto B — como você fez durante a guerra da qual regressa; à qual em breve dará reinício.

Prossiga. Ande um pouco. Upa! mas que tombo. Veja só: você caiu dentro de uma trincheira.

Explosões o perseguem e você não tem como fugir, o que lhe dá uma sensação de tranqüilidade. Não há nenhuma decisão a tomar, desesperada ou ponderada. Nada a fazer, nada a perder, nada a ganhar. Isso é bom. E você relaxa na trincheira, não olha para os lados, fica ouvindo, só ouvindo. Os seus tímpanos vão ficando destroçados mas você não sente o incômodo, apenas registra com o tremor do corpo os impactos constantes e descompassados.

E lhe ocorre valsar. Você se levanta, escala o barranco da trincheira, chega lá em cima e abre os braços e as pernas, como se convidasse, com gestos assim oferecidos e grandiosos, alguém para bailar. Quando você já está do lado de fora do fosso um companheiro levanta a cabeça, até então enfiada na terra; fixa os olhos nos calcanhares dos borzeguins que você calça e no tecido camuflado das calças que você veste; ergue mais os olhos, vê o seu pescoço, o seu capacete. E lança metade do corpo para fora da trincheira, para agarrar uma bota sua e puxá-lo inteiro para dentro. Não consegue. Um outro companheiro, que esteve atento a esse esforço, sai todo para fora da trincheira. No momento em que vai agarrá-lo, é atingido por um estilhaço. Morre. Cai ali, ao seu lado. O primeiro companheiro vê a cena e se recolhe.

Seus braços estão abertos ainda, e você começa a caminhar. Há uma nuvem de fumaça e poeira à sua frente. Para ali você se dirige, agora com as mãos baixas, espalmadas em direção ao inimigo, na presunção de que das palmas de suas mãos emana a luz de sua santificada graça. O movimento é lento em suas pernas. Você está esquecido de que tem peito, estômago, braços e pernas, muito embora deva utilizar estas últimas para, como é de seu desejo, dançar.

O seu parceiro de dança, você o procura ao entrar na nuvem, pouco espessa no começo, logo mais densa, gradualmente mais espessa, até que você se veja cego. É por ali que você caminha, procurando o seu par.

Enxerga afinal alguma coisa, e vê que está no meio de uma rua, no asfalto, e chove fino, e há sujeira nas calçadas, latas de lixo, gente que olha, carros estacionados. Uma luz vermelha à sua frente, de néon, emoldura uma porta, e há uma luz amarela por cima com um letreiro, de néon também. Mulheres em roupas sumárias ladeiam essa porta, e sinalizam, sinalizam. Você olha pela porta. Há uma escada à sua frente.

Mas por que não sobe?

Ah, entendo. Tem razão. É melhor mesmo ficar aí por baixo, encostado nessa parede. Não há mais nada a fazer. Permita-me uma sugestão: caso não o removam daqui a três dias, escreva seu próprio epitáfio. Neste pedaço de papelão, veja. Um pedaço de papelão serve. Escreva o seguinte:

"Se não me olhardes, deixareis de ver a face da minha imobilidade e o estado que pode adquirir um cadáver varado de balas, agasalhado por um manto de moscas, assim pregado com as costas na parede, sentado no chão sob esta sombra que só me cobre depois de certa hora do dia. Passados três dias, é natural que me encontreis assim, quase putrefato de todo, com uns membros que tombariam ao mero toque, de tão soltos e frouxos, já independentes do conjunto do corpo.

"E veríeis que a realidade minha é maior que a vossa, e me ouviríeis a exalar um hálito — não pela boca, mas por algum outro orifício qualquer, que tenho tantos —

de secreta vida. E reverenciaríeis aquele ser, que sou eu, de tão nítida divindade, e tão singular presença.

"Lançai uma moeda ao chão. Ao estrépito do metal contra o solo de pedra, emitirei o fúnebre sopro.

"— É um resto de vida! — exclamareis.

"Não. É tão-somente parte d'alma, que se destaca e vai."

Que tal?

ESTA OBRA, COMPOSTA PELA ACQUA ESTÚDIO EM GARAMOND, TEVE SEUS FILMES GERADOS NO BUREAU 34 E FOI IMPRESSA PELA BARTIRA GRÁFICA E EDITORA EM OFFSET SOBRE PAPEL PÓLEN BOLD DA COMPANHIA SUZANO PARA A EDITORA SCHWARCZ EM JUNHO DE 1998.